고무래

고무래

초판 1쇄 인쇄일 2016년 10월20일
초판 1쇄 발행일 2016년 10월27일

지은이 황단아
펴낸이 양옥매
디자인 황순하
그 림 한지은
교 정 조준경

펴낸곳 도서출판 책과나무
출판등록 제2012-000376
주소 서울특별시 마포구 방울내로 79 이노빌딩 302호
대표전화 02.372.1537 **팩스** 02.372.1538
이메일 booknamu2007@naver.com
홈페이지 www.booknamu.com
ISBN 979-11-5776-292-7(03810)

이 도서의 국립중앙도서관 출판시도서목록(CIP)은 서지정보유통지원 시스템
홈페이지(http://seoji.nl.go.kr)와 국가자료공동목록시스템
(http://www.nl.go.kr/kolisnet)에서 이용하실 수 있습니다.
(CIP제어번호 : CIP2016025055)

고무래

황 단 아

머리말

　반백 년 인생에 쉼표 하나 찍으며 뒤를 돌아본다. 앞모습보다 뒷
모습이 아름답다는 말을 들으며 그것을 좌우명 삼아 살아온 세월이
었다. 그 말은 나를 낳아 준 엄마로부터 시작되었는데, 얼굴이 못
난 딸에 대한 위로 같은 말이었다. 개구쟁이 친구들은 나를 '곰배'라
불렀다. 못생긴 얼굴의 대명사로 여겼던 곰배, 그래서 속도 많이
상했다. 그런데 많은 세월이 지나 되돌아보니 나는 정말 곰배였다.
　곰배는 농기구 중에 하나로 '고무래'의 경상도 방언이다. 고무래
는 밭의 흙을 고르고 씨를 뿌린 뒤 흙을 덮을 때 사용하고 곡식을
긁어모을 때도 쓴다. 고무래는 직사각형이나 반달 모양의 널조각에
자루를 박아 만든다. 사실 고무래는 모양이 참하고 늘씬한 자루에
쓰임도 참 다양하다. 그런데 '곰배'라는 발음이 못난 것을 연상하게
했는지 모를 일이다. 하여간 나는 어릴 때, 곰배라는 별명이 싫었
는데 지금은 내 삶과 참 닮은 물건이라 생각된다.

단학을 공부하면서 사람들을 이해하고 가까이하는 삶을 살아왔고, 단칸방에서 시작되었던 살림이 이제는 여러 개의 방을 가진 펜션의 주인이 되었고, 나이 오십이 넘으면서 글공부까지 시작하게 되었다. 글쓰기는 내 삶과 주변 사람들의 소중한 삶을 씨앗으로 삼아 뿌리고 흙으로 다독였다. 내 못난 얼굴을 '곰배'라고 불러 준 친구들 덕에 나는 내 삶을 이렇게 아름답게 승화시켜 '앞모습'을 보여 줄 수 있게 되었다. 나를 곰배에서 고무래로 다시 태어나도록 도와준, 나보다 월등히 나은 옆지기 덕분에 참하고 잘생긴 딸과 아들을 얻을 수 있었다.

그래서 남은 생을 '고무래'로 다시 시작한다는 의미를 담아 '제심징려(齊心澄麗)'를 나의 부제로 삼는다. 제심징려는 '마음을 가지런히 하고 생각을 맑게 한다'는 뜻이다. 지금까지는 열심히 사느라 소리나는 일도 많았고 마음도 들떠 있었다. 그렇지만 글을 쓰면서 많은 일들을 하나씩 하나씩 차분하고 가지런하게 정리할 수 있었다. 또한 생각이 맑아지고 평온해졌다. 그리고 내게 주어진 모든 것들이 감사함으로 가슴이 벅차오른다.

누군가는 이 가을을 쓰러져 가는 가을이라 말했지만, 나는 시작하는 가을이라 말하고 싶다. 때마침 딸도 짝을 찾아 새로운 인생을 시작한다고 하니 내 책과 아귀가 딱 맞아떨어진 셈이다. 내 글을 읽고 함께 공감해 주며 바쁜 와중에도 그림까지 손수 그려 주어 책이 더 빛나게 되었다.

　내 삶의 고무래가 제 역할을 하여 아름다운 뒷모습을 마무리하고 앞모습을 보일 수 있도록 주변에서 아껴 주고 지지해 주신 많은 분들의 얼굴을 하나하나 떠올리며 밤새도록 깊은 포옹을 했다. 그러다 그만 날밤을 새고 말았다. 그래도 한 사람, 아낌없는 가르침으로 내 나이 백 세가 될 때까지 일거리를 제공해 주신 주인석 선생님께는 따로 감사를 드린다. '문디' 소리 안 들으려고.^^

　마지막으로 나의 매니저 역할을 하며 교실 밖에서 몇 시간씩 기다려준 당신, 한일환 님, 사랑합니다. 덤으로 아들, 딸, 며느리, 사위에게도 고맙다는 인사를 전한다.

2016년 가을 황단아

/ 목 차 /

齊心
澄慮

[제 심 징 려]

작품명_〈천지인의 꽃〉

수/상/작/품

부뚜막

기나긴 세월을 함께한 바짝 마른 부엌 바닥과 다부진
종부의 모습에서 지나온 삶을 대변해 준다. 부뚜막에서 종부의
일생이 흔적으로 나타난다.

부
뚜
막

　반질반질한 모습에 세월이 닦여 있다. 김호 장군 고택의 부엌에
서 살아온 종부의 삶이 고스란히 담겨 있는 모습을 보니 사백 년 역
사가 꿈틀거린다. 14대의 대가를 이어 온 기나긴 세월을 함께한 바
짝 마른 부엌 바닥과 다부진 종부의 모습에서 지나온 삶을 대변해
준다. 부뚜막에서 종부의 일생이 흔적으로 나타난다.

　옹기종기 앉아 부딪치며 싸우던 그릇들의 쉼터인 살강도 텅 비어
있다. 대야나 소쿠리, 음식을 차려 먹는 판들의 보금자리 시렁도
주인 잃은 세월 속에 외로워하는 건 마찬가지다. 옛날과 전혀 다른
분위기로 바뀌어 버린 깔끔한 부엌이다. 큰방으로 이어지는 작은
부엌문은 이제 생명을 다한 모양이다. 엄마가 밥하는 모습을 보는
문이다. 그런데 물건으로 막혀 열리지 않는다. 문살 틈 사이에 쌓
여 있는 먼지들만 반가운지 뽀얀 얼굴로 손님을 맞이할 뿐이다. 텅
빈 가마솥과 닮아서 때가 끼어 있는 반질반질한 부뚜막을 보니 온

갖 삶의 흔적이 있는 듯하다. 부엌 가마솥에 내 삶이 보인다.

나는 어린 나이에 일찍 결혼을 했다. 내게는 여자로 태어나서 배울 수 있는 건 다 배워야 시집가서 '부모에게 욕을 얻어 먹이지 않는다고' 하나하나 가르쳐 주신 자상한 아버지가 계셨다. 부엌에 들어가면 솥뚜껑 소리 크게 내지 않고 얌전하게 음식을 해내야 된다는 예의까지 철저하게 가르쳐 주었다. 부뚜막에 도마를 놓고 무채를 썰 때 기본이 되는 처음을 얇게 썰면 마지막도 얇아진다고 하셨다. 가자미회를 좋아하시는 아버지는 내가 보는 앞에서 채를 자주 썰었다. 아버지가 엄마보다 더 많이 가르쳐 주셨다. 덕분에 시집살이가 수월했다.

나는 시집 제사 음식을 할 때마다 가마솥에 전을 부친다. 아궁이에는 불을 지피고 부뚜막에는 나무토막 하나에 엉덩이를 의지하며 그 많은 제사 음식을 다했다. 아궁이의 불이 활활 달구어지면 가마솥에 소금을 한 주먹 넣는다. 모든 찌꺼기를 짚을 돌돌 말아 가마솥을 말끔히 소금으로 닦아 낸다. 모든 것을 닦아 내는 맑은 마음으로 가마솥 청소를 말끔히 한다. 그다음에는 작은 무를 반으로 잘라 그릇에 식용유를 넣고 가마솥을 반질반질하게 문지르며 질을 낸다. 처음 구운 전은 실패하기가 일쑤다. 몇 개 굽고 나면 맛있는 전이 나온다.

겨울에는 부뚜막이 엄마 품안처럼 따뜻하다. 아궁이에 불을 지펴서 전을 부치니까 부뚜막 위에 연기가 심하다. 눈물 콧물이 범벅이 되어 얼굴은 홍당무가 되어 있다. 아궁이의 연기, 가마솥의 기름 타는 냄새가 더 이상 버틸 수 없게 만든다. 밖에 잠깐 나가 눈물 닦고 들어오는 사이 전이 새까맣게 타 버린다. 그 전을 어머님 몰래 정신없이 수습했던 기억이 나서 혼자 미소를 지어 본다. 가마솥은 불에 달구어져 있어 귀퉁이에 잘못하다 부딪치면 살이 익어 버릴 정도다. 따뜻한 부뚜막에 앉아 엄마가 밥하는 모습이 그리운 신혼 초였다.

요즘은 부뚜막이 사라졌다. 편안하게 앉아 전기 프라이팬으로 전을 굽는다. 그런데도 며느리는 눈이 맵다며 문이라는 문은 다 열어 놓고 밖으로 들락거리며 난리다. 옛날 부뚜막 대신 따뜻한 방바닥에 편안히 앉아 전을 굽는 며느리를 보면서 시대가 변했음을 느낀다. 젊은이들은 제사 음식을 잘 못하는 데 비해 며느리는 음식을 잘하는 편이다. 며느리는 옛날 부엌의 부뚜막은 어떻게 생겼는지 모르는 세대다.

"살강은 그릇을 씻어 물을 빼는 역할을 하는 곳이다. 설거지는 우물에 물을 뜨다가 그릇을 씻고, 시렁은 큰 물건들을 올려놓는 곳이다. 그때는 부뚜막이 식탁이 되어 보리밥 한 덩어리 찬물에 말아 풋고추 따다가 고추장에 찍어 먹는 그 맛까지……."

나는 상세히 설명을 했다. 우리 어머니 시대는 얼마나 더 큰 고생을 하셨을까. 어려웠던 할머니 시대가 있었기에 지금이 있다는 것을 이해할 수 있을지는 모르겠지만 이 시대는 여자들이 편안한 시대임은 확실하다. 옛날의 힘든 삶을 상상하며 고부의 대화가 시대를 읽으면서 자연스럽게 고개가 숙여진다.

부뚜막은 아버지의 역할도 했다. 마당에서 뛰어놀고 있는데 부엌 쪽에서 소리가 들렸다. 가만히 귀를 기울여 들어 보니 그 소리는 엄마 소리였다. 나는 부엌으로 쏜살같이 뛰어갔다. 그때 엄마는 동생이 나오려고 했던 모양이다. 죽지도 살지도 못하는 길 위에서 허덕이고 있는 모습이다. 부뚜막을 잡고 통사정을 하듯 신음하고 있었다. 부뚜막에는 엄마의 땀이 흥건하고 고통스런 얼굴에는 땀으로 범벅이 되어 있다. 나는 무서워서 울면서 밭에 일하러 간 아버지를 모시고 왔다. 밭에까지 어떻게 달려갔는지 아무것도 보이지 않았다. 부뚜막은 엄마의 산고를 같이해 주었던 고마운 곳이기도 하다.

부뚜막은 다양한 쓰임이 되었다. 의자도 되고, 가끔은 엄마의 눈물을 볼 수 있었던 곳이었다. 부뚜막은 힘들 때마다 함께 있어 주는 따뜻한 친구다. 부뚜막에 걸터앉아 숭늉 마시며 수다 떠는 포근한 부엌 찻집 역할도 능숙하게 해내는 곳이다. 세월이 흘러 부엌은 완전히 바뀌었다. 부뚜막이 산뜻한 싱크대로 탈바꿈되었다. 음식을 조리하고 설거지를 할 수 있는 단순한 부뚜막이 되었다. 부엌 찻집 역할은 식탁이 대신하고 있지만 왠지 모르게 옛날 부뚜막이 그립다.

대가의 종부를 생각하며 맏종부의 일은 예사롭지 않다. 일 년에 열세 번이나 되는 많은 제사를 사당에서 지내고 손님 접대까지 하는 종부의 삶이 그려진다. 집안을 관리하고 된장 고추장 조청까지 자기 손으로 척척 해낸다고 한다. 깡마른 종부, 무언의 삶에 비하면 나는 못 살았지만 쉬운 삶을 살아왔지 않나 싶다.

김호 장군 고택의 부엌은 사백 년이 넘도록 후손들이 관리하고 있다. 부뚜막에 놓인 책꽂이의 책들을 본다. 신세대 종부답게 독서의 자리를 마련했다. 깨끗한 부엌이 현 시대와 과거를 조화롭게 만들어주는 듯 화사한 느낌이 든다. 가끔 습기가 있어 아궁이로 불을 지펴 부뚜막의 습기를 제거한다. 반질반질한 부뚜막에 지나온 종부의 삶이 빛난다.

경북문화체험전국수필대전 동상/2012

탱자나무 가시

꽃을 비유하면 아직 피지 않은 꽃봉오리다.
활짝 펴 보지도 못하고 봉오리 채 꺾인다는 생각을 나는 해 본
적이 없다. 그때의 마음은 무엇으로 표현해야 할지,
아들에게 배신당한 마음을 어떻게 해결할 수가 없었다.

탱자나무 가시

보경사 경내에 바람이 몰려와 모서리마다 그늘의 알을 낳는다. 그늘을 지나 천왕문 오른쪽 종무소 마당에 멈추었다. 탱자나무가 둥그스레하게 식재되어 있는 그곳을 지나는데 발이 떨어지지 않는다. 땅속에 자석이라도 숨겨져 있었던 것일까. 큼직하고 **빼족한** 가시와 노란 열매가 내 발을 잡았다. 어느 집, 울타리가 되어야 할 탱자나무가 경내 마당 한복판을 차지하고 내 마음을 잡는 것은 어인 연유일까. 이는 내게 알 수 없는 가르침으로 다가왔다.

여느 탱자나무와는 다르게 가시가 손질이 잘되어 둥그스럼하여 탱자나무라기보다 오히려 대웅전의 부처를 닮았다. 사백 년은 넘어 보인다. 긴 세월 동안 겪어 냈을 탱자나무의 이력이 한눈에 보이는 것은 저 탱자나무의 심정이 한순간 좔좔 읽혔기 때문이다. 온갖 궂은일들을 헤치며 견뎌 온 탱자나무의 가시가 내 마음을 아프게 겨냥하는 느낌이 든다. '말이 입힌 상처는 칼이 입힌 상처보다 깊다'는

속담처럼 내가 한 말이 가시가 되어 상처가 되었을 지난날이 생각
난다.

　아들이라고 안도의 숨을 쉬면서 살며시 눈을 감던 때가 어제 같
다. 그런데 학교도 마치지 않고 사고를 치고 말았다. 군에 가기 전에
나에게 할 말이 있단다. 여자 친구가 있다고 한다. 데리고 오라고 했
더니 머뭇거리며 말을 잇지 못하는 아들의 행동이 좀 이상하다 싶었
다. 놀라지 마라면서 입을 연다. 여자 친구가 임신이란다. 그 순간
앞이 캄캄하고 하늘이 무너지는 소리가 들렸다. 믿음은 마음에서 만
들어지고 오해는 머리에서 만들어지듯이 머리가 말을 한다.

　"몇 개월이고? 없애라!"

　꽃을 비유하면 아직 피지 않은 꽃봉오리다. 활짝 펴 보지도 못하
고 봉오리 채 꺾인다는 생각을 나는 해 본 적이 없다. 그때의 마음
은 무엇으로 표현해야 할지, 아들에게 배신당한 마음을 어떻게 해
결할 수가 없었다.

　얼마 뒤 아들 여자 친구와 그의 엄마 셋이서 처음 만났다. 나이가
들면 얼마든지 할 수 있다. 조곤조곤 논리적으로 알아들을 수 있게
설명을 했다. 그의 엄마는 가만히 듣고만 있었다. 아들 여자 친구
는 아예 말을 듣지 않았다. 나는 모른다. 마음대로 하라면서 나와
버렸다. 그의 엄마가 도저히 이해가 되지 않다. 어떻게 딸이 그렇
게까지 되도록 모른다고 하는지 말이다.

　그 길로 혼자 아무 준비도 없이 떠났다. 그때의 심정은 남편도 자

식도 다 필요 없었다. 눈물이 앞을 가려 운전을 제대로 할 수가 없었다. 동해안으로 갔다. 바다의 은빛 물결에게도 물어보았다. 아무 말이 없다. 자연은 다 그 자리에 있는데 나 혼자만 가다 울면서 쉬면서 동해안으로 계속 갔다. 바다를 바라보면서 많은 생각이 교차했다. 어차피 아들 본인의 인생이란 걸 느꼈다. 부모라도 대신 살아 줄 수 없는 각자의 인생이다. 결혼해서 오직 자식과 남편만 바라보며 살았다. 이렇게 혼자 정처 없이 떠난다는 생각은 더욱 못했다. 동해안으로 가다가 보경사로 차머리를 돌렸다. 수많은 사람들이 다 나처럼 힘들어 보였다. 법당 앞에 자리 잡고 자신과 진지한 대화를 할 수 있는 계기가 되었다. 새로운 인생을 바꿀 수 있었던 혼자만의 휴가였다.

아들이 제대하고 결혼식을 했다. 사람 마음이란 참 간사한 것 같다. 아들과 같이 사는 며느리를 마음으로 받아들이고 나니 한결 가볍다. 며느리를 딸처럼 생각한다는 말은 친해지려는 다른 뜻과도 같다. 그래도 처음 반대한 이유로 모든 걸 이해하고 예쁘게 보기로 노력했다. 그런데 며느리는 지난 그 일을 잊지 못하고 마음 한구석에 늘 가시를 박고 살았던 모양이다. 나의 마음을 또 실험대에 올렸다.

젊은 애들의 생활이란 양은냄비다. 금방 뜨거웠다 식는 모양이다. 내일이 아들 생일이다. 아침 운동하고 식사하러 오란다. 그 말을 듣고 기뻤다. 음식은 할 줄 아는가 싶은 생각이 들었다. 생일날 아침에 딸과 셋이 갔다. 그런데 어제 멀쩡하던 둘의 사이가 낌새가 이상하다. 우리가 들어갔는데도 며느리의 얼굴은 보이지 않았다. 결국 아들과 딸이 상을 차렸다. 그때까지도 며느리는 코빼기도 안 보였다. 기분 좋은 마음으로 아들 생일 축하하러 케이크까지 사들고 갔다가 밥을 먹는지 마는지 하고 찹찹한 마음으로 집에 왔다.

딸이 난리다. 엄마는 어른 맞나, 그런 상황을 보고 말 한마디 하지 않고 오는 시부모 처음 봤다며 아무리 싸움을 해도 시부모를 무시하는 행동이라고 난리다. 딸이 한마디 한다면서 전화를 했다. 며느리는 받지 않았다. 잘된 일이다. 시간이 조금만 지나면 옅어지기 때문이다. 나도 화가 났다. 그래도 한발 물러서서 생각하는 지혜를 경험해 오며 살았다. 한마디 하는 것보다 한번 참는 것이 더 많은 것을 얻을 수 있기 때문이다. 딸은 욕해도 되고 마음이 시키는 대로 해도 칼로 물 베기다. 그렇지만 며느리는 조심조심하면서 천천히 관계를 이끌어 가야 한다.

어리고 철없는 며느리는 그것뿐만이 아니다. 집안에 제사가 있어도 참석을 하지 않는다. 내가 차를 가지고 모시러 간다. 데리고 오면서 우리 집의 모든 풍습을 하나하나 설명해 준다. 다음부터 어떻게 하라고도 시켰다. 이렇게 가르칠 때마다 그 불똥이 아들에게로 튀었다. 정말 속상하지만 참고 또 참았다. 첫 만남에 비수를 꽂았더니 도무지 풀리지 않았던 모양이다. 인간의 얼굴은 마음의 간판이고 생활의 기록이라더니 꼭 맞는 말이다. 그리고 얼마 뒤 나만의 선물을 주었다.

며느리의 생일이 되었다. 고민 끝에 생맥주 집에 불러냈다. 술 한 잔을 했다. 결혼해서 처음 맞는 생일 진심으로 축하한다고 먼저 말을 했다. 내 말에 죄송하다며 지금까지 너무 엄청난 일을 저질러 무서웠다고 했다. 그 모든 것을 '용서'로 생일선물 한다고 어깨를 토닥거려 주었다. 순간 며느리의 눈에서 비 오듯 흐르는 눈물은 내 가슴으로 한강이 되어 흘렀다.

술을 한잔하면서 구구절절 며느리의 말을 듣고 같이 울었다. 처음에 가시가 되었던 말 때문에 어머니를 미워했다고 고백했다. 힘들고 어려워도 말하기 싫더라는 며느리 말을 들었다. 그래서 입장을 바꾸어 생각해 봐라. 네 아들이 똑같은 그런 상황이 일어났다고 생각해 보면 이해가 된다. 그때는 엄마로서 청천벽력 같았다. 그렇지만 다 지난 과거다. 그때서야 어머님 미안하다면서 앞으로 잘하겠다고 했다. 그날 저녁 밤을 새면서 서로의 모든 응어리를 풀고 또 풀었다.

그 일이 있은 후 며느리의 태도가 완전히 달라졌다. 예쁜 여자는 삼 년 가고 마음씨 좋은 여자는 삼십 년 가고 음식 솜씨 좋은 여자는 평생 간다는 말을 며느리에게 한 적이 있었다. 며느리는 그 말을 알뜰하게 실천하고 있다. 집안 대소사와 우리 부부 생일을 기가 막히게 차려낸다. 이렇게 보배로운 며느리가 되기까지 진통을 생각하면 어른인 내 잘못이 컸다.

보경사 종무소 앞마당에 탱자나무 부처님이 마구 꾸짖는 소리가 허공을 울린다. 생각 없이 뱉은 가시가 여린 며늘아기 가슴에 상처를 주었다. 어른인 내가 조금만 침착했더라면 하는 후회가 된다. 그때의 현상은 변하지 않고 세월은 그대로 흐른다. 자신의 몸이지만 마음대로 하지 못했던 아쉬움이 밀려온다. 부딪힘이 없는 삶은 변화가 없다고는 하지만 어른인 내가 큰 숨 한번 들이쉬었더라면 굽이치는 물줄기처럼 아름다운 소리를 낼 수 있었을 텐데……

포항소재문학상 우수상/2012

일요일

"조금만 더, 조금만 더 써 보이소."
정말 싸다, 싸. 이런 물건은 어디가도 없다. 이제 물건도 몇 명
없다. 경매사는 한 번 더 설명을 구구절절 늘어놓는다.

일
요
일

경매도 놀이 문화가 될 수 있다. 사람들이 많이 모이는 자리에서
어색함도 없애 주고 자연스러운 분위기를 만들 수 있는 힘이 있다.
남녀 관계라는 것이 좀 안다고 해도 인사 정도 나누게 되지 갑자기
친해지지는 않는다. 그런데 재미로 해 보는 경매 놀이에 야유회가
즐겁고 보람 있는 일요일이 되었다.

처음에는 물건도 아니고 사람을 경매한다기에 화가 났다. 사람에
대한 예의가 아니라서 싫은 표정을 노골적으로 했다. 같은 일행이
재미로 하는데 왜 그러냐고 했지만 나는 정말 싫었다. 그럼 싫은 사
람은 억지로 참석하지 않겠다고 나를 빼 주었다. 다른 모임에도 야
유회 버스 안에서 경매 놀이를 몇 번이나 하는 것을 보았다.

고속도로에 진입하자 차 안의 일일 짝지를 만들기 위해 사람 경매
에 들어갔다. 여자가 경매 물건이고 남자들은 여자를 경매 봐서 돈
으로 사야 했다. 여자 수가 작아서 남자들은 잘못하면 파트너 없이

하루를 보내야 했다. 그래서 그런지 차 안의 분위기는 고조되었다. 경매가가 막 올라갔다. 사람을 경매한다기에 왠지 씁쓸한 기분이 들었는데 옆에서 구경을 해 보니 재미가 있었다.

경매사의 말이 가관이다. 오늘 경매하려고 하는 물건은 새벽부터 목욕도 하고 우방주택도 두 채 있고 궁중빌라도 한 채 있다. 돈도 많고 애교도 많다. 조건이 너무 좋아서 만 원부터 시작한다고 했다. 그때 남자들이 만 이천 원, 만 오천 원, 이만 원 계속 올라갔다. 그때 경매사가

"조금만 더, 조금만 더 써 보이소."

정말 싸다, 싸. 이런 물건은 어디가도 없다. 이제 물건도 몇 명 없다. 경매사는 한 번 더 설명을 구구절절 늘어놓는다. 차 안은 웃음바다로 물결이 일렁인다. 모두들 배를 움켜쥐고 어쩔 줄 모른다. 모두 손뼉을 치며 박장대소를 했다. 오늘의 최고가가 낙찰되고 그 꼬리표가 하루 종일 따라다니며 두 사람에게 모든 눈길이 집중되었다.

경매 보는 것은 날씬하고 얼굴이 예쁘고 젊다고 많은 인기가 있는 것은 아니었다. 여자인 내가 보니까 정말 멋진데 남자들이 보는 눈은 다른 모양이다. 파트너 정한 사람들은 하루를 알차게 보내려고 서로가 노력하는 것이 눈에 보였다.

집행부 쪽에서는 하루 짝지를 만들어 주어서 즐겁고, 모자라는 경비를 충당하는 데 더욱 좋았다. 재미로 하는 사람 경매가 처음에는 인상을 찌푸리게 했다. 그런데 관광버스 뽕짝문화가 우리나라의

문화라면 경매 놀이 문화도 그렇게 나빠 보이지는 않았다. 그냥 조용히 바깥 풍경만 감상하는 것보다는 효과적일 수 있다. 어차피 하루 관광이다. 웃고 떠들고 스트레스를 푸는 것도 괜찮은 생각이다.

싫다고 끝끝내 참여하지 않아서 미안한 마음이 들었다. 다음에는 재미있게 유머도 하면서 같이 참여하는 놀이 문화가 되어야겠다. 아무리 좋은 문화라도 잘못 받아들이면 나처럼 이렇게 된다. 마음에 들지 않더라도 한번 경험해 보고 평가를 해 보는 것도 괜찮을 것 같다.

무슨 놀이든 자기가 생각하기 달렸다. 긍정적인 사고가 필요하다고 이론상으로 말하면서 실천이 되지 않는다. 괜찮으니까 영화에서 라디오에서도 사람 경매가 눈길을 끄는 모양이다. 오늘 일요일의 야유회에서 일 년 웃어야 할 웃음을 하루에 다 웃었던 잊을 수 없는 일요일이다.

세월이 흘러도 일요일의 추억은 진통제가 될 것이다.

서덕출백일장 우수상/2012

황소는 어디로 갔나

어디로 갔을까. 그 옛날 친구 같던 소가 보고 싶다.
쇠죽 끓이면서 부지깽이로 솥뚜껑 두드리며 노래하던 마구간이
그리워 돌아오겠지.

황소는
어디로
갔나

단오맞이 한마당 큰 잔치가 열렸다. 도심 한복판에서 그네뛰기, 씨름 대회가 펼쳐졌다. 단옷날 선조들이 즐겼던 다양한 풍속과 체험 행사도 이루어졌다. 사람들이 많이 몰리다 보니 도심 복판은 주차할 곳 없이 차들로 빽빽하다. 단옷날의 햇살은 수직으로 꽂히는 직사광선이다. 모든 생물들은 헉헉 숨을 들이마시며 풀이 죽어 있다. 행사장의 입구는 천막으로 햇살을 가리고 사람들로 북적거린다. 씨름 해설사의 목소리가 멀리까지 울려 퍼진다.

"와, 진짜 황소다."

진짜 황소를 씨름 대회 우승 상금으로 내걸었다. 13개 동 씨름 선수단이 황소를 놓고 말 그대로 열전을 펼쳤다. 동헌 앞마당 모래판에서 펼쳐진 씨름 대회는 각축전이 벌어졌다. 막판까지 접전을 이루며 관중들에게 긴장감과 크나큰 재미를 주었다. 관중들은 제각각이 자기 동을 응원했다. 해설사의 마이크 소리가 현장을 실감하게 하고, 선수들의 실력도 만만치 않았다.

씨름판의 모래가 관중으로 날아와 머리에 앉는다. 역시 씨름 선수는 뱃집이 있으면 이길 확률이 높다. 여자 선수나 남자 선수나 뱃살이 삼겹살이 된 선수가 거의 이긴다. 마른 사람은 가벼워 그런지 얼마 버티지를 못한다. 엎어치기 한 번에 힘을 쓸 수가 없다. 공평한 심판도 몹시 힘이 들어 보인다. 삽시간에 일어나는 일이라 부심판도 두 명이나 있었다. 온몸에 모래를 붙이고서야 승패가 났다. 관중들의 손에 땀을 쥐게 하는 경기였다.

결승에 오른 한 동은 2주 전부터 주민과 함께 연습에 매진했다. 연습을 했지만 우승을 못해 아쉬운 마음인 것 같다. 주민이 한마음으로 응원하고 경기를 즐기는 모습이 보기 좋았다. 상금으로 걸린 소는 타지 못했지만 화합하는 마을의 아름다운 모습이 우승으로 보인다. 무슨 행사든 동 대항이 있으면 자연적으로 단결이 된다.

우승한 동은 땀으로 범벅인 몸으로 얼싸안고 어쩔 줄 모른다. 모래판에 황소를 세우고 잘 빗어 내린 등에다 천으로 '우승'을 새겨서 늘어지게 걸쳤다. 꽃목걸이를 소의 목에 걸어 주었다. 동 주민들은 즐거울지 모르지만 황소의 눈은 젖어 있다. 황소의 마음은 착잡한 모양이다. 어디로 떠날지 아무도 모른다. 말끔히 단장하고 외출하는 기분으로 모래판에 나왔는데 이제 어디로 가는지 알 수가 없다. 황소의 모습에 그늘이 져 슬퍼 보인다.

시상식을 마치고 도호부사 행차가 이어졌다. 행차는 도호부사,

씨름장사가 탄 모형 소, 퍼레이드 카에 소 한 마리, 주민, 어린이, 참가 선수 순으로 함께 출발했다. 원도심을 지나 씨름대회 우승한 동을 지나 다시 동헌으로 돌아왔다. 이긴 쪽도 진 쪽도 모두가 흥겨워하고 그 옛날 단옷날을 즐겼던 선조들을 잠시나마 생각해 보는 계기가 되었다. 선조들의 지혜와 놀이를 직접 체험해 보는 단옷날 행사가 여운으로 남는다. 상으로 받은 그 소는 어디로 갔을까.

유년시절에 소는 한집에서 함께 살았다. 짚을 썰어 풀은 조금만 섞고 쇠죽을 끓여 주고, 해거름이 되면 소와 나는 산에 가서 고삐 풀린 해방감으로 어둑어둑해야 집으로 돌아왔다. 눈만 뜨면 아버지와 같이 하루를 시작하는 부지런한 소다. 밭으로 논으로 다니면서 일도 열심히 했다. 소 풀을 베어 먹이를 주는 담당은 항상 내가 맡았다. 소와 나는 아주 가까운 친구 사이다. 큰 눈에 눈시울 적실 때는 나도 같이 울었다. 뱀 같은 작은 동물은 보기만 해도 무서운데 덩치가 큰 소지만 무섭지 않았다. 작은 키로 뒷발을 올리면서 등을 쓰다듬어 주었던 다정한 사이다.

우리 집뿐만 아니라 이웃집에도 소가 없는 집이 별로 없었다. 그 시절에는 소가 없으면 농사를 지을 수가 없었다. 힘이 좋은 소는 딱딱한 논을 후딱 갈아 치우고, 밭은 할 것도 없다. 그만큼 소의 존재가 소중하고 중요한 역할을 했다. 부자의 순위도 소의 숫자로 구별하던 시절이다. 소가 많으면 그 집은 부자였다. 소의 값어치가 높은 시대였다. 소 한 마리만 팔면 자식들 학교도 시키고 조그마한 집도 살 수 있었다.

언젠가부터 소의 모습은 보이지 않았다. 집에서 같이 살던 소들도 차츰차츰 사라졌다. 요즘은 농촌에도 집에서 소를 볼 수가 없다. 마구간은 없어지고, 길쭉한 창고로 소를 사육하는 곳만 늘었다. 옛날처럼 풀을 먹이는 소는 찾아볼 수가 없다. 소의 먹이는 사료다. 키워서 팔려 나가는 소가 되어 버렸다. 정보화 시대가 오고부터 소들이 발붙일 곳이 없다. 농사도 기계가 다 하는 시대다.

씨름대회 우승한 상금의 소는 지금 어디로 갔을까. 유년시절 친하게 지내던 소는 어디로 갔을까. 그 옛날 친구 같던 소가 보고 싶다. 쇠죽 끓이면서 부지깽이로 솥뚜껑 두드리며 노래하던 마구간이 그리워 돌아오겠지. 장단을 맞추며 음매 하던 소는, 지구가 둥글게 돌듯이, 세월도 빙빙 돌아 그 시절이 오겠지. 소도 기다리고 있을 것이다.

세월이 빨리 흐르는 것은 과거를 돌아보니까 빨리 흐른다고 했다. 그렇지만 과거가 없는 미래가 어디 있겠는가. 과거는 세월의 밑거름이 아닌가.

어디로 갔나?/약숫골 도서관 독후감/2013

기차 한칸

비 오는 날의 기차 여행은 색다른 기분이 들게 한다. 많은 사람들
이 이용하는 것이니 서로에게 조금씩 피해가 가기는 해도 그것도
기차여행의 묘미가 아닐까.

기차 한 칸

　평생에 몇 번이나 있을까. 비 오는 날 야유회 가는 것이 그리 많지는 않을 것이다. 한 달 전 월례회 때 야유회 날짜를 잡은 탓에 어쩔 수 없이 비가 와도 강행을 했다. 기차 여행이라 낭만적이고 색다른 야유회를 과반수 찬성했기 때문이다. 그런데 아침부터 비가 억수같이 퍼부었다. 비가 오는데도 불구하고 회원들이 많이 참석했다. 창을 타고 흐르는 빗줄기를 보며 기차의 어느 한 칸에 몸을 실었다. 출발을 알리는 기차 고동 소리가 정겨웠다. 서서히 움직이는 기차 속에서 운치 있는 밖의 풍경이 한눈에 들어오고, 내 마음을 설레게 했다.

　기차를 타자 평소 조용했던 일행 중의 한 사람이 분위기를 고조시켰다. 정해 놓은 행선지는 비가 와서 취소되었다. 기차 한 칸을 우리가 다 차지하다시피 해서 왁자지껄한 입담이 술술 나왔다. 객차 안이 무르익어 갔다. 싱겁게 말을 걸어오는 사람, 유머 섞어 입담 좋은 사람이 분위기를 이끌어 가고 있다. 기차가 힘차게 달려 나가니 즐거워져서 일행들의 목소리가 점점 커져 갔다. 서로 마주 보며 대화하는 모습은 보기만 해도 정겹다. 그 풍경을 보노라니 옛날 생각이 나서 웃음이 났다.

기차 여행을 하다 나와 함께한 경상도 사람이 목소리가 너무 커서 다른 사람에게 민폐가 될 정도로 시끄러웠던 적이 있었다. 다른 지역 사람들이 보면 대화하는 것이 꼭 싸우는 것 같다는 말을 많이 듣는다. 경상도 사람이 대화를 하면, 서울 사람은 그 말뜻을 알아듣지 못해 의아한 눈초리로 쳐다본다. 눈치가 빠른 경상도 사람은 시끄럽다고 눈치 주는 줄 알고 한마디 한다.

"와, 이카이 마카 니카이가!"

그때 서울 사람이 자기들끼리 숙덕거리며 경상도 사람을 쳐다보며 말한다.

"봐라, 일본 사람 맞다."

소곤거리며 말했지만 알아듣고 얼마나 웃었는지 모른다. 기차 여행에서 일어난 웃지 못할 에피소드다.

비가 온 탓에 조금만 떠들어도 시끄러운 것은 말을 안 해도 비디오다. 기차 한 칸에 우리 일행이 삼십 명 정도 탔다. 다른 손님은 그리 많지는 않았지만 곱지 않은 눈으로 우리를 보는 것 같았다. 나는 내심 마음이 무거웠다. 그러나 우리 일행은 우산을 쓰고 박물관 한 군데만 관람하고 기차 안으로 돌아올 때까지 분위기에 도취되어

지칠 줄을 몰랐다. 기차 여행의 흥에 겨워 흔들흔들하는 일행을 보면서 어쩌다 한 번쯤 흔들리는 인생도 살 만하다는 생각이 들었다. 힘든 일들을 잊고 다 함께하는 기차 여행으로 충전의 기회를 가졌으면 좋겠다고 생각했다. 기분이 좋아 노래도 부르고 어린아이가 되어 어리광도 부리는 모습들이다. 남들이 보기에는 눈살을 찌푸릴 일이지만 이들도 생활의 짐을 한 짐씩 짊어지고 사는 사람들이 아니던가. 그래도 공공장소라 너무 소리가 큰 사람은 몇몇 일행들이 나란히 앉아 다독이며 이야기를 나누는 모습이다.

창밖의 빗방울이 시선을 옮기게 한다. 기차 밖의 풍경은 촉촉이 젖은 초록 잎들이 물방울과 어울려 놀고 있다. 옆에는 백일홍이 흔들흔들 흡사 술 취한 우리 일행과 비슷하다. 태풍이 불면 흔들리고 비가 억수같이 퍼부어도 활짝 웃으며 내리는 비에 목욕을 하며 즐기고 있는 꽃과 닮았다. 고난을 이겨 내며 자기의 책임을 다한다는 다짐이 보인다. 백 일 동안 무슨 일이 있어도 아름다운 세상을 만들기로 약속이나 한 것처럼, 참고 견뎌 내는 자연의 힘이 사람과 다를 것이 없다.

우리 일행들의 숫자가 많다 보니 아무래도 다른 승객에게 눈치가 보였다. 나는 대표로 사과를 했다. "시끄러워 미안합니다." 우리가 가져온 음식을 나누어 주며 머리를 조아리며 양해를 구했다. 죄송한 마음에 음식을 있는 대로 주면서 친해지려고 노력했다. 그러다 보니 다른 승객과 자연스럽게 친해졌다. 우리 일행을 보고 이렇게 부부 동반 기차 여행 하는 것을 보니, 보기 좋아 보인다고 했다. 자기도 다음에 기차 여행을 주선해야겠다고 했다. 재미있고 보기가 정말 좋아 보인다고 부정을 긍정으로 만들었다. 나는 스타가 된 듯 마음이 뿌듯했다.

그 반면에 조용한 사람도 있었다. 내가 음식을 주어도 먹지 않고 그대로 두었다. 속으로 '이카이 마카 니카이가' 하면서 우리 일행들에게 눈초리를 곤두세우는 것 같았다. 그렇지만 우리 일행에게 한마디 했다가는 나가는 말보다 돌아오는 말이 더 많을 것이다. 아무 말도 하지 못하고 속으로 삼키고 있는 것처럼 보였다. 나는 중간에서 우리 일행의 지나친 행동을 저지하고, 승객의 마음도 헤아려 주었다. 조용한 승객은 내가 애쓰는 모습이 나타나는지 마지막에는 입가에 미소를 보였다.

비 오는 날의 기차 여행은 색다른 기분이 들게 한다. 많은 사람들이 이용하는 것이니 서로에게 조금씩 피해가 가기는 해도 그것도 기차여행의 묘미가 아닐까. 대개 보면 버스 여행을 많이 한다. 버스 여행보다 인원을 채워서 기차 한 칸으로 가 보는 완벽한 기차 여행도 즐거운 여행일 것 같다. 다음에도 아름다운 기차 여행의 구상을 꿈꾸어 보고 싶다. 비 오는 날의 야유회라 체험의 추억거리는 적지만, 기차 여행이라는 이유 하나만으로 책갈피를 만들어 주듯 낭만의 추억으로 쌓인다. 혈관이 되어 온몸을 여행하듯 우리나라의 기찻길을 엮어 가는 탓인지도 모른다.

기차 여행의 묘미를 느껴 보는 추억의 한 페이지를 마감하며, 저 멀리 멀어져 가는 기차의 형체를 아스라이 지켜본다.

철도문학상수상/2013

새들의 고향

울릉도 동남쪽 뱃길 따라 이백 리 외로운 섬 하나
새들의 고향
그 누가 아무리 자기네 땅이라 우겨도
독도는 우리 땅, 우리 땅!

새들의
고향

　울릉도 여행은 처음이다. 누군가는 여행을 삶의 윤활유라 했고 일상을 갈아엎는 쟁기라 했지만 나는 고향을 찾아가는 길이라 말하고 싶다. 배를 타고 가야 하기 때문에 날씨에 신경이 쓰였다. 출발하기 전 내내 설레는 마음으로 기도를 했다. 다행히 나는 바다를 좋아해서 그런지 뱃멀미는 하지 않는다. 너무 좋아서 그런지 출발하기 전부터 마음이 두근거려 진정시키느라 음료수 하나를 벌컥벌컥 마시고 배에 올랐다.

　앞으로 보이는 풍경은 성큼성큼 다가오고 뒤로 물러가는 풍경은 점점이 된다. 나는 쉴 새 없이 그 모든 것을 카메라에 담았다. 놓쳐버린 것들의 소중함을 나이가 한 살씩 더해 가면서 알았다. 손에 잡힐 듯 가까운 바다, 손을 뻗어 배꼬리에 묶었다. 배는 양쪽에 날개를 단 듯 물살을 일으키며 달린다. 신이 주신 선물, 우.리.나.라. 울.릉.도. 독.도. 한 글자 한 글자가 가슴에 파문을 일으킨다. 갈매기도 내 마음을 아는지 덩달아 휘휘 돈다.

울릉도에 내렸다. 고향에 가면 어머니가 '자야, 왔나. 얼른 밥 무거라이.' 하듯이 어디선가 밥 먹으라는 소리가 들린다. 정신적 허기인지 육체적 허기인지 모를 허기가 급속도로 밀려왔다. 능소화 늘어진 담벼락을 따라 들어서니 식당이 보였다. 문을 열었다. 해산물과 칼국수가 메뉴의 전부인 초라한 식당이지만, 친정을 찾은 듯 정겹다. 후루룩 소리가 나도록 단숨에 배를 채웠다.

순진한 바닷새들의 환영을 받으며 독도박물관 앞에 섰다. 비석들이 나란히 서 있다. 햇살에 비친 깨알 같은 글씨, 스마트폰으로 사진을 찍었다. 그 작은 글씨 위에 나는 큰 글자로 또박또박, 나만의 비문을 새겼다.

'독도는 우리 땅.'

'독도 사랑 실천'이라고 쓰인 글자가 눈에 들어온다. 독도 바위 설치 안내문이다. 우리의 영토를 후손들에게 물려주기 위한 호적등본 같은 글자를 읽는데 가슴이 뭉클해졌다. 잘 자란 내 자식을 두고 누군가가 나타나 자기 자식이라며 유전자 검사를 하자거나 피검사를 하자는 말도 안 되는 소리를 해대며 박박 우긴다면 피창이 터질 노릇이다. 나는 비석을 보며 잠시 허한 마음이 들어 가슴을 한 번 움켜잡았다.

독도는 이미 수천 년 전부터 우리 땅이고 지금은 일본 영토가 된 대마도도 우리 땅이었음을 옛 문헌과 기록을 통해 알 수 있다. 그런데 일본이 억지를 부리는 이유가 무엇일까. 힘과 억압이 짓누르던 시대는 지났다. 지금은 인문의 시대, 인격의 시대, 인맥의 시대다. 이런 시대가 되기 전까지 우리는 힘으로 밀어붙이면 된다고 믿었다. 순한 사람을 짓밟고 권력과 부를 쟁취하던 시절도 분명 있었다. 생각이 여기까지 미치자 우리가 깨달아야 할 부분이 있었다. 착하고 순한 것의 캐릭터에서 벗어나 똑똑하지만 온유하다는 것을.

생각이 꼬리를 물고 있는데 눈앞에 태극기가 펄럭인다. 왠지 모르게 가슴으로부터 환희의 웃음이 삐져나왔다. 때맞추어 독도박물관에서 '독도는 우리 땅' 노래가 흘러나온다. 흥겹게 따라하며 가사를 음미해 본다.

울릉도 동남쪽 백길 따라 이백 리
외로운 섬 하나 새들의 고향
그 누가 아무리 자기네 땅이라 우겨도
독도는 우리 땅, 우리 땅!

이 노래가 한때는 금지곡이었다. 그때는 몰랐다. 당시 일본에서 한일 역사를 무참히 왜곡한 교과서 파동이 있었다. 일본과 우리의 관계는 악화되어 갔고 그런 시점에 쓸데없는 반일 감정을 일으킬 노래를 부르면 안 된다는 정부의 지침에 따라 노래를 부르지 못하게 했던 것이다. 지금 생각해 보면 참으로 어처구니없는 일이다.

힘이 없다는 것은 결론적으로 입을 다물어야 한다는 것과 같았다.

이 노래는 따라 부르기 쉽고 내용도 또한 역사의 한 부분을 그저 인지하게 되는 효과가 있다. 노래를 부르다 보면 우리 것, 우리 땅에 대한 자긍심이 저절로 살아난다. 어쩌면 앞으로 역사책에 실어야 할 노래가 될지 모른다. 우리 세대에 이 노래를 모르는 사람이 있을까? 그만큼 이 노래는 범국민적이 노래였다. 노래를 통해 우리 땅을 지키고 싶어 했던 국민들의 염원은 뿌리 속 깊이 내려져 있었다. 그런데 노래는 금지되었고 국민들은 가슴에 응어리를 키웠다. 스스로 지키지 못하고 남의 나라 입에 오르내리게 된 독도. 그저 가슴이 먹먹할 뿐이다. 노랫말처럼 새들의 고향이 되어 많은 세월이 흘렀다. 그동안 새들이라도 지켜 주지 않았다면 독도는 정말 외로운 섬이 되어 있었을 것이다.

동도와 서도로 나누어진 섬을 보며 나는 또 한 번 가슴을 쓸어내렸다. 화산 폭발로 갈라진 섬이라지만 그것을 보는 마음은 편치 않았다. 남북으로 나누어진 우리의 현실이 섬에 투영되는 듯 가슴이 아리다. 새들만 모든 역사를 알고 있는 듯, 독도 위를 하루도 빠짐없이 훠이훠이 날며 외세로부터 지키고 있었다.

독도를 향해 지금은 많은 새들이 알록달록 날아 들어간다. 나올 때는 그들의 가슴마다 한 아름씩 나라 사랑에 대한 날갯짓으로 벅차, 부레가 터질 듯하다. 하얀 새들의 고향이 되었던 독도, 이제는 우리 하얀 민족의 고향이 되고, 내 고향이 되어 간다. 나만의 표지

석을 되돌아보며 배에 오른다. 결코 남에게 내어주지 않으리라는
다짐을 하며.

독도문예대전수상/2013

천지인의 꽃

나만의 은은한 꽃잎을 피울 수 있었다. 그 색이 화려하고
향기가 진하지 않아도 나는 수술의 프러포즈를 받아 암술의 역할
을 다하고 두 개의 열매를 맺었다.

천지인의 꽃

　아름다움은 시작보다 마무리에 있다. 해가 뉘엿뉘엿 질 무렵, 대공원으로 갔다. 무릉도원에 초대받은 듯 저녁노을에 비친 꽃들의 잔치에 눈이 호사를 누렸다. 향기에 몸을 맡기고 천천히 걸었다. 그때, 무색무취무념의 세계로 들어온 것 같은 착각이 일었다. 은은한 색. 향기 없는 꽃. 생각의 멈춤. 해가 떨어졌다. 꽃잎도 떨어진다. 5장의 꽃잎이 한 방향을 향해 제 몸을 도르르 말고 있었다. 마치 정숙한 한 여인의 일부종사처럼.

　수난을 당하는 것은 절개가 있는 것들의 통과의례 같은 것이다. 열녀가 그러하고, 열사가 그러하다. 사람뿐만 아니라 세상만물이 그러함을 느낄 때는 입에서 아, 소리가 난다. 무.궁.화. 한때 엄청난 수난을 겪고서도 그 뿌리를 지켜 온 꽃이다. 전국적으로 무궁화 씨 말리기 작전에 들어갔던 일제강점기에는 무궁화를 자르고, 뽑고, 불태우기까지 했다. 무궁화를 우리 민족으로 동일시했던 일본의 말살정책에 수난을 당하기는 꽃도 사람도 마찬가지였다는 생각을 하자 눈뿌리가 뜨거워진다. 그들은 우리의 무엇이 그리 두려워서 종자까지 말리려 했을까?

무궁화는 천 년 이전부터 한반도에서 생명을 키워 왔다. 오랜 역사, 질긴 생명, 굳은 절개는 세계 어느 민족에도 빗댈 수 없는 우리만이 가지고 있는 혼을 담아 핀 꽃이다. 또, 무궁화는 천지인삼재와 음양오행의 형상을 갖춘 꽃이다. 원줄기부터 끝까지 한마디에 세 갈래씩 갈라져 나가는 천지인 꽃이다. 그리고 다섯 갈래로 갈라진 잎사귀와 다섯 장인 꽃잎은 목화토금수의 오행을 나타낸다.

천지인은 하늘과 땅 그리고 사람을 말한다. 하늘의 이치를 알고, 땅의 기운을 알고, 마지막에 사람이 땅의 이치 속에 조화를 이룬다. 음양오행은 만물이 시작되는 근원이다. 무궁화 다섯 개의 꽃잎은 음양오행의 목화토금수에 잘 어울린다. 음에서 양으로 양에서 음으로 순환하며 돌아간다. 화는 여름, 수는 겨울, 목은 봄, 금은 가을, 토는 사계절을 아우른다. 오행은 상생의 순서로 단계를 넘어선다. 천지인과 음양오행의 이치를 따라 사는 우리 민족을 일본은 어떤 방법으로든 이기고 싶었을 것이다.

무궁화는 붉은 화심을 가졌다. 흰색이든 붉은색이든 보라색이든 가장자리 깊은 곳은 붉다. 가운데가 붉고 가장자리가 흰 것은 빛의 음양을 나타내며 하늘 님의 자손이라는 뜻을 가지고 있다. 우리 민족의 특징 중에 하나가 열정적이라는 것은 자타가 공인하는 바다.

무궁화의 붉은 화심이 우리 민족성을 대변하는 일을 어찌 우연이라 할 수 있을까.

무궁화는 빛의 상징이다. 태양과 함께 나고 태양과 함께 떠나는 꽃이다. 며칠 동안 사람의 마음을 사로잡아 흔들어 놓고 뒤도 안 돌아보고 떠나는 꽃은 아니요, 100일 동안 피고 지고를 반복하며 사람을 위로하고 다독인 다음 마무리를 잘하는 꽃이다. 해를 보며 마음을 열고, 달을 보며 수줍어할 줄 아는 꽃이다. 필 줄도 알고 오므릴 줄도 알며, 와야 할 때를 알고 가야 할 때를 아는 꽃이다. 아침을 어떻게 맞고 저녁을 어떻게 갈무리해야 하는지를 아는 꽃이다. 한여름 아무리 뜨거운 볕에도 결코 찡그리는 낯 없이 살다가 저녁이면 조용하고도 깔끔하게 자신을 정리하는 빛의 꽃이다.

빛이 아름다운 것은 남을 비추기 때문이다. 빛 같은 사람, 빛 같은 꽃, 나는 무궁화를 보면서 홀연 내 삶을 돌아보았다. 오십 년이 넘는 삶 중에 아주 어린 시절을 빼고는 여명과 함께 시작하여 달빛과 동무하는 나날을 보냈다. 열심히 살아온 증거라고 말하기에는 너무 힘들고 지친 삶이었다는 말이 먼저 튀어나온다. 일을 하다 보면 해가 등짝을 타고 앉았고, 땀을 닦다 보면 달이 내 어깨를 만졌다. 하루의 시작은 있었지만 마무리는 없이 지쳐 잠이 들었다.

최근 들어 나는 새로운 삶을 산다. 오늘을 세상의 마지막 날인 것처럼 매일매일을 살고 있다. 태양과 함께 아침을 맞이한다. 그리고 열심히 일을 한다. 남들은 나더러 쉴 나이라고 하지만 나는 죽을 때까지 내 일을 할 것이다. 일이 있다는 것은 무궁화가 한낮의 태양을 온몸으로 맞아들이면서도 활짝 웃을 수 있는 것과 같다. 그리고 저녁이면 무궁화처럼 나는 나를 정갈하게 정리한다. 주변을 깨끗이 정리하고, 내 몸을 깨끗이 씻고, 하루를 글쓰기로 마무리한다. 오늘 밤 내가 달빛을 따라 먼 여행을 떠나 내일 아침 태양을 맞이할 수 없어도 결코 서럽거나 발을 동동 구르지 않아도 될 하루를 마감한다. 열정의 하루는 곧 열녀의 하루, 열사의 하루라고 말하며 매일 밤, 눈을 감는다.

　내 삶에 꽃받침이 되었던 어린 시절, 결코 부유하지 못했으나 나는 나만의 은은한 꽃잎을 피울 수 있었다. 그 색이 화려하고 향기가 진하지 않아도 나는 수술의 프러포즈를 받아 암술의 역할을 다하고 두 개의 열매를 맺었다. 내 인생이 꽃받침·꽃잎·암술·수술을 완전히 갖추기까지 55년이란 세월이 흘렀다. 무궁화가 긴 수난의 세월을 겪고 지금처럼 우리의 편안한 꽃이 된 것처럼.

　무궁화는 하루에 20송이부터 50송이까지 꽃을 피운다. 많은 진 딧물에도 견디고, 수많은 고초도 이겨 내며 꽃보다 사람 같은 무궁화를 보며 내 줄기에도 대를 이어 많은 꽃이 피어 주기를 기도한다. 자식이 재산이라 하듯 나라의 재산은 국민이다. 무궁화를 보며 새삼 이런 바람까지 생기는 것을 보면 나도 이 땅에 완전히 뿌리를 내린 무궁화 같은 사람이 되었나 보다.

대공원에 어둠이 내리고 무궁화는 몸을 만다. 내일의 환한 꽃을
위하여.

무궁화문학상 금상/2014

문경새재

개인의 역사 하나하나가 모이면, 재미있는 역사가 되지 않을까.
묻혀 있는 사랑의 역사가 행복한 삶을 만들 것이다.

문경새재

길이 반듯하다. 이글거리는 태양 아래 흙길을 따라 한참을 걸었다. 양옆으로 우뚝 솟은 산새들이 계곡의 깊이를 더해 준다. 오붓하고 예스러운 숲길이 계속 펼쳐졌다. 이 길은 걷고 싶은 아름다운 길이다. 한참을 걷다 보니 멀리서 성벽이 장황하게 운치가 있어 보인다. 성벽이 가까워지면서 주흘관이 바로 눈앞에 보인다. 주흘관을 들어서 뒤돌아보니 영남제일관이라 쓰여 있다.

새도 날아서 넘기 힘들다는 고갯길 문경새재, 조선시대 한양과 영남을 잇는 영남대로의 가장 중요한 길목이다. 당시 이곳을 밟지 않고서는 한양을 오르내릴 수 없었다. 선인들의 숨결과 자취가 남은 문화 유적지, 민초들의 땀과 눈물, 길손들의 애환과 사연이 서려 있는 새재의 옛길은 이제 등산길, 오솔길, 산책길로 오롯이 남아 옛 정취를 말해 준다.

주흘관을 지나 폭신폭신한 흙길을 맨발로 걷기로 했다. 신발은 양손에 들고, 흙길이 주는 기운을 발바닥에 고스란히 느끼며 걸었다. 자연을 품에 안은 듯하다. 주변의 박물관 앞은 얼마 안 된 조각품과 묵은 석탑 등이 한데 어우러져 보는 재미가 쏠쏠하다. 새소리, 물소리, 숲 소리를 들으며 걷는다. 옆으로는 단풍나무와 노송의 시원한 그늘을 만끽하는 데 손색이 없다. '경북백주년 타임캡슐 광장'이 눈에 확 들어온다.

1996년 경북 탄생 100주년을 맞아 500주년 되는 해에 후손들에게 개봉한다는 타임캡슐을 보며 훌륭한 생각에 감탄사가 절로 나왔다. 경북인의 생활, 풍습, 문화, 삶의 표본을 보여 주고자 첨성대 형으로 타임캡슐에 담아 유서 깊은 영남제일문인 주흘관 뒤에 매설하였다. 광장의 계단으로 백일홍이 상큼하게 우리를 맞이했다. 밑바닥에는 둥근 원으로 자리하고, 위에는 같은 둥근형으로 올렸다. 밑에서부터 연결되는 쇳덩이는 기둥이 되어 있었다. 그 위에 길게 뻗은 가지들은 달팽이 모양 같다. 밑동을 감아 여러 개 만들어 기둥을 받쳐 올렸다. 제일 위에는 기둥의 쇳덩이가 길게 뻗어 둥근 모양으로 여러 개 고정되어 있다.

탑 주위에는 경북의 시, 군 24개의 팻말이 자기 고장의 역사를 자랑하며 빙 둘러 서 있다. 기둥 하나에 넓적한 얼굴로 자신들을 봐달라고 아우성이다. 나는 내가 태어나고 자란 경주시를 먼저 찾아 읽어 내려갔다. 위치, 인구, 면적, 상징, 특산물, 관광지 주요 수장품들이 적혀 있다. 나는 경주가 고향이지만 시목이 소나무인지,

시화가 개나리인지 여기 와서 팻말을 보고 알았다. 오십이 넘은 나이에도 아무것도 모르는데, 오백년 후 후손들에게 중요한 자료가 될 것이다. 경북의 타임캡슐광장을 보고 나니 어느새 머릿속에는 학창 시절을 달려가고 있다.

잊고 지내던 아름다운 추억이 새록새록 되살아난다. 학창 시절 둘만의 캡슐은 경치 좋고 물 좋은 곳에 아직도 묻혀 있다. 십 년 후에 보기로 한 타임캡슐이 땅속에서 우리를 기다리고 있을 것이다. 걷고 싶은 아름다운 백선은 아니지만 반듯하고 산세가 좋은 곳이다. 우리나라에서 손꼽히는 사찰, 오층석탑 옆에 양지 바른 곳이다. 석탑으로 들어가는 입구는 계단으로 되어 있다. 나뭇가지가 터널을 이루고 있는 계단은 96개다. 가위, 바위, 보, 내기하며 올라가던 계단은 모든 것을 초월하는 시간이었다. 계단을 올라가면 오층석탑이 있다. 석탑 앞에서 우리 둘만의 소원을 비는 모습은 하늘에서 내려다보고 우리를 부러워했을 것이다.

언제 개봉이 될지 모르겠다. 지금 생각은 오백 년이 아닌 오십 년 뒤에 후손들에게 말하리라. 그때는 아들이 아닌 손자가 할머니의 아름다운 역사를 읽어 내려갈 것이다. 둘만의 나무는 그늘이 되어 쉴 수 있는 느티나무, 사랑 장미의 계절에 만났으니 가시가 있는 장미다. 잔설 속에 피어나는 매화꽃은 섬진강의 추억이 좋아 덤으로 추가시켰다. 우리는 테니스를 즐겨 했으며, 단풍이 아름다운 가을을 좋아했다. 언제 만나 생일은 몇 번 지났는지, 어느 가수의 노래를 같이 좋아했는지, 하나하나 역사가 되어 타임캡슐 안에 묻혀 있다.

다른 사람이 하지 않는 독특한 만남을 만들고 싶었다. 아무도 타임캡슐을 묻지 않을 때, 기발한 생각이라 스스로를 칭찬하며 두 사람은 실천에 옮겼다. 둘이서 하는 계획은 무엇이든 척척 잘 맞았다. 처음부터 주고받았던 편지를 캡슐 안에 넣어 보관하도록 했다. 읽어 보면 유치한 편지의 내용이다. 그런 편지를 잘못 관리하다 주위 사람들이 볼까 봐 불안했다. 오층석탑 옆에 묻어 놓고 우리만의 데이트 장소로 지정되었다. 타임캡슐 묻은 날짜는 생일날로 만들어 놓고 그날은 함께 가서 기념행사를 했다. 몇 십 년 뒤 우리는 어떻게 변해 있을까. 상상의 나래를 펴며 사랑을 싹틔웠다.

타임캡슐의 사랑은 또 다른 맛을 낸다. 캡슐 속의 군·시의 가지런한 역사가 후세를 위해 조용히 잠들어 있고, 개인의 사랑 역사도 마찬가지다. 캡슐 안에서의 사랑이 무르익어 발효되는 소리가 멀리까지 퍼질 것이다. 땅속에서 그 언젠가를 위해 추워도 더워도 눈보라가 쳐도 꿋꿋하게 후손들의 따뜻한 손길을 기다린다.

경북의 시·군의 역사는 누구나 관람하고 화려한 역사로 후손들에게 남는다. 그러나 우리가 모르는 수많은 역사가 곳곳에 묻혀 있을 것이다. 경북의 타임캡슐을 보면서 나만의 역사와 에피소드가 생각나듯이, 말하지 않는 개인의 역사를 생각하게 한다. 개인의 역사 하나하나가 모이면, 재미있는 역사가 되지 않을까. 묻혀 있는 사랑의 역사가 행복한 삶을 만들 것이다.

그늘을 만들어 주는 나무 터널 사이로 태양이 빛난다. 편안한 선비의 길에서 발길을 멈추게 한다. 다음에는 제삼관문까지 꼭 갈 것을 마음속으로 약속하면서 이번에는 가족의 단합을 위해 끝까지 걷지 못하고 아쉬움으로 남는다. 다음을 기약하며 아름다운 경관을 마음의 캡슐에 담아 왔다.

경북문화체험전국수필대전수상/2014

등대

오빠의 등대는 멀리 떨어져 살아도 우리 형제들의 삶을
구석구석 비추고 있다. 이제 우리 동생들이 오빠의 남은 생을
지켜 주는 불빛이 되기를......

등대

송림 사이로 은빛 물결이 속삭인다. 해풍과 육풍이 적절히 버무려진 이곳은 사계절의 피서지다. 오래된 소나무의 솔향기가 몸을 정화시켜 주고 저절로 이완되는 곳이다. 삶이 힘들고, 머릿속이 복잡할 때, 이곳에서 명상을 하면 자연의 두통약이 되어 머리가 맑아질 것이다. 송대말 등대는 낮에 가면 휴식 공간이지만, 달이 떠 있는 밤에는 한 폭의 그림으로 달콤하다.

항구로 들어오는 배를 제일 먼저 맞아 주는 것은 등대다. 종일 지친 배는 등대가 내어주는 불빛에 고단함을 달래려는지 이내 자리를 잡는다. 어둠을 한 자락 말아 쥔 새벽, 감포항의 풍경은 활력을 불어넣는 배들의 애환을 엿볼 수 있다. 은은한 달이 비추는 새벽에는 삶의 현장이 여실히 보인다. 감포항의 새벽 모습은 삶의 정직으로 돌아온다.

송대말 등대는 감은사지 삼층석탑을 형상화하여 세웠다. 백색사각 석탑 형식의 기와집으로 된 양식이다. 신라 천년의 역사적 발자취와 문무왕의 뜻을 등대에 의미화하여 후대에 남기고자 하는 의도가 아닐까. 민족적 의식을 건축 양식에 접목시킨 신라인의 의식이 담긴 등대라 해도 과언이 아니다. 나는 이렇게 의미가 담긴 장려한 곳에서 바스락거린다.

송대말 언덕을 서성여 본다. 나만의 대화를 할 수 있는 은밀한 곳으로 정해 두었다. 무언으로 소통이 되는 안락한 곳이다. 오늘따라 비릿한 갯내음 위로 오빠의 얼굴이 투영되어 바다에 겹친다. 넓은 동해를 가슴으로 안은 듯 감싸 주고, 저 멀리 바닷속의 불빛이 눈앞에서 형광처럼 빛난다. 그때 깊은 뜻을 품고 있는 신라 천년의 웅장한 기와집이 하얀 석탑을 이고 나를 부른다. 바다 속의 등대와 기와집의 석탑등대가 선연한 정경으로 시간을 거슬러 기억 속의 한 장면으로 떠내려간다.

오빠의 등은 어느새 시간이 흘러 둥글게 굽었다. 이젠 오빠의 몸을 추스르며 살아갔으면 좋겠다. 등대로 살아온 세월이 익숙한지 내가 어깨라도 내어 줄라치면 이내 손사래를 친다. 부모님이 일찍 돌아가시고 엄마 아버지를 대신하는 것이 쉽지는 않았을 것이다. 그러나 오빠는 언제나 그 자리에 머물고 있다.

송대말 송림처럼 푸근하고 믿음직스럽다. 풍찬노숙으로 지내온 오빠가 어느새 세월에 밀려 육십 고개에 자리를 깔고 앉았다. 동생들에게 바람이 되어 주고, 빛이 되어 주는 온화한 등대다. 그렇게 베풀고 나면 오빠의 마음은 편안한 불빛으로 반짝이는 모양이다.

막내 동생은 오빠가 키우다시피 했다. 대학까지 공부시키고, 군대 보내놓고도 한 달에 한 번씩 면회 가고, 오빠 친구에게 동생이 어느 부대 있다며, 보살펴 달라고 부탁까지 하는 그런 오빠다. 그러니 같이 사는 언니도 오빠 따라서 동생에게 관심을 가진다. 내조의 정성이 없었다면 가능한 일이었을까. 속은 까맣게 타들어가도 말할 수 없었을 일들이 아닌가. 그렇지만 오빠의 무게가 동생들을 향하고 있으니 함께 바라만 볼 뿐이다.

오빠는 멀리 있어도 동생들을 향한 불빛은 꺼지지 않는다. 동생들 생일을 일일이 기억하고 생일날은 잔치를 벌인다. 맛있는 식당을 미리 예약해 놓고 동생들을 불러 모은다.

"그동안 우째 살았노?"

"살다 보니 마음대로 되지 않는구나."

자식처럼 거두던 동생들에게 수시로 삶의 창문을 열어 주었다. 우리에게는 오빠의 가르침이 지침서가 되었다. 나도 오빠에게 배운 모습으로 후덕한 누이로 비추어져야 할 텐데. 형제간의 우애를 다지며 현재를 살아가 보려 애를 쓰지만, 나 역시 살다 보니 마음대로 되지 않는다. 오빠가 만들어 준 울타리 안에서 우리 형제들은 가슴 속 이야기를 속 시원하게 풀어낼 수 있다. 힘든 일이 있으면 해결할 수 있도록 조언을 아끼지 않는다.

오빠는 친척 집에 경조사가 있으면 어디든 빠지지 않고 다닌다. 서울에 살면서 부조금을 부쳐도 될 것이다. 그런데 꼭 참석을 한다. 그러니 오빠의 부조금은 만만치가 않다. 그리고 경조사에 가서는 오빠 부조만 하는 것이 아니다. 봉투를 여러 장 펴 놓고 형제 이름을 다 쓴다. 부조금을 똑같이 넣어서 대신해 주고 절대 했다는 말을 동생들에게 하지 않는다. 경조사가 지난 뒤 고종사촌이 고맙다는 인사가 와서야 알게 된다. 오빠는 지금까지 동생들의 삶 속에서 헤어나지 못한다. 자기 삶의 연주는 줄이 끊어진지도 모르고, 온통 동생들의 방파제 역할을 하고 있다.

몇 년 전, IMF에 사업이 부도가 나서 있던 집도 다 넘어갔다. 그런 상황에서도 동생들에게는 어려운 표현을 한 적이 없다. 조카들 공부도 시켜야 하고, 아직도 할 일이 많이 남았다. 넉넉하지 않는 살림살이에 부모 노릇까지 하는 오빠집이 용광로처럼 빨갛게 일었으면 하는 간곡한 마음이다. 지금까지 셋째 오빠가 있었기에 친정집이 지탱하고 있다.

"세상 뭐 별것 있냐. 부조 돈만 벌면 되지 뭐!"

술이라도 한잔하게 되면 늘 입에 달고 산다. '나는 이제 부조 돈만 벌면 된다.' 메아리처럼 들려오는 오빠 목소리가 귓전을 맴돈다.

이 시대에는 내남 없이 부모를 대신한 오빠들이 많을 것이다. 어느 가정이든 형제들이 많다 보면 잘하는 형제도 있을 것이고, 말썽 피우는 형제도 있을 것이다. 베이비붐시대에 어려움을 극복하고 자라서 그런지 형제간의 우애를 우선으로 한다. 자기 살기 바쁜 세월에 동생들 학교까지 시키고, 결혼해서도 돌보는 오빠들이 주위에 더러 있을 것이다. 우리 오빠처럼.

송대말 등대 명상지에서 빛으로 다가오는 형체가 오빠의 형상을 닮은 듯하다. 오빠의 등대는 멀리 떨어져 살아도 우리 형제들의 삶을 구석구석 비추고 있다. 이제 우리 동생들이 오빠의 남은 생을 지켜 주는 불빛이 되기를 소망해 본다.

송대말의 송림 사이로 하얀 햇살이 얼굴을 비추고, 오빠의 머리에도 어느새 하얀 햇살이 내려앉았다.

오산문학 신인상/2015

금샘

어머님의 얼굴엔 자식들만 보면 세상을 다 가졌노라며
황금미소를 지으신다. 금샘에 얼굴을 비춰 본다.

산등성이에 은빛 물결이 일렁인다. 바람이 부는 대로 억새는 쓰러진다. 간절한 소망을 비는 여인의 몸처럼 일제히 엎드리는 억새의 몸은 유연하다. 쓰러졌다 일어나고, 일어났다 쓰러지는 억새의 모습을 바라본다. 찰찰히 금정산 자락을 밟아 고당봉 쪽 바람을 맞는다.

바위가 거대한 무덤을 만들어 놓은 고당봉 입구는 고대의 어느 지점에 도달한 듯 어리둥절하다. 고당봉에 다다르기 전, 갈림길에 섰다. 왼쪽으로 가면 금샘, 오른쪽으로 가면 고당봉이다. '샘'이라는 말에 이끌려 왼발을 먼저 내디뎠다. 오솔길을 따라 걷다 보니 나무 계단이 퍼즐처럼 눈앞에 펼쳐진다. 몇 번을 헛디뎌 휘청거렸다. 초행길이라 몸이 못 따라가는 건지, 마음이 조급한 건지.

바위 끝, 낭떠러지에 마지막 발걸음을 붙이고 섰다. 넓적하고 두루뭉술한 바위들이 난 것도 든 것도 없이 어깨를 붙이고 앉았다. 몇 번을 휘 둘러보아도 어느 곳에도 물이 새어 나올 곳은 보이지 않는다. 아, 그 순간 '저것이구나' 싶은 곳에 초점을 맞추었다. 넓적한 바위 한가운데 동그란 홈이 눈에 들어왔다.

금샘을 향해 한 발자국씩 옮겼다. 사시사철 금샘에는 물이 마르지 않는다고 한다. 그 빛깔 또한 언제나 금빛이다. 금샘 주위에는 강에서 올라온 안개로 자욱하다. 낮에 햇빛의 열기로 데워진 바위는 밤이 되면 주변의 수분을 빨아들인다. 이로 인해 금샘에 물이 차게 되고 물이 마르지 않는 샘이 된 것이다.

석양에 비친 금샘은 황금가루가 반짝인다. 금샘 테두리의 은빛 곡선과 물결의 금빛 곡선에 홀렸는가 싶어 고개를 들었다 다시 금샘을 들여다본다. 바람에 일렁이는 금샘의 물결에 실려 황금물고기 한 마리가 헤엄쳐 내게 오고 있었다. 다시 고개를 들어 눈을 씻고 산 아래를 내려다보았다. 사방이 확 트인 장엄한 풍광에 놀란 턱에서 쩍, 하는 소리가 난다. 멀리 보이는 도심 속 어느 한 곳에 내가, 네가, 우리가 살고 있다. 너럭바위의 금샘보다 작게 보이는 저곳에서 우리의 끝없는 욕망은, 우리의 간절한 소망은 황금물결을 이루고 있다. 과거에도 현재에도 미래에도.

먹을 것이 없었던 시절에는 배불리 먹는 것이 우리의 소망이었다. 그저 배부르게 먹는 것이 소원이었던 어머님은 배를 채울 지름길로 결혼을 선택하셨다고 한다. 뒤주가 서너 채 되는 집으로 시집을 가면서 친정을 돌아보지도 않았다고 한다. 어머님의 소망은 이루어졌고 행복한 하루하루가 다가오고 있었다.

어머님은 첫딸을 낳았다. 이어서 또 딸을 낳았다. 둘째딸을 낳고
는 몸조리도 제대로 못했다. 지팡이로 두 다리를 의지하며 겨우 발걸
음을 떼면서 농사일을 하셨다. 딸을 낳았다는 죄는 어떤 죄보다 무거
웠다. 그 형벌은 잠시도 쉴 수 없는 것, 아이를 낳은 다음 날부터 무
논에서 모내기를 하루 종일 해야 했다. 백일이라는 말은 남의 말, 어
머님은 농사일과 집안일에 층층시하 어른들 수발까지 아기를 업고
그 모든 일을 감내해야 했다. 어머님의 몸은 물에 불려 놓은 솜 자루
같았고 젖은 불어서 줄줄 흘러 저고리에서 아래치마까지 적셨다.

어머님은 오직 아들을 낳아야 된다는 일념으로 하루하루를 살았
다고 하셨다. 아들은 집안의 기둥이었다. 아들이 있으면 마음이 든
든하고 아들이 없으면 죄인처럼 살아야 했다. 아들이 없는 며느리
들이 시댁의 눈칫밥을 먹는 것은 예사로 있는 일이었다.

어머님은 매일 인시에 일어나 찬물에 목욕하고, 우물가 장독대에
정화수를 떠 놓고 삼신할매를 불렀다. 동지섣달 손이 뜨거워지도록
빌었다. 아버님은 어머님의 새벽기도를 몇 달간 지켜보기만 하더란
다. 그런 어느 날, 아버님께서 찬물에 세수를 하고 참빗으로 머리
를 반질반질하게 빗어 넘기더니 우물가로 나오시더란다. 그날 어머
님과 아버님은 손에 불이 나도록 빌었다고 회고하시면서 장독대에
황금샘이 뻥, 뚫리더니 한 마리 물고기가 그 샘 안에서 헤엄쳐 두
분에 품에 들어오더라고 하셨다.

기도가 삼신할매께 전해졌는지 어머님은 태기가 있고 몇 달 후 아들을 낳았다. 어머님은 하늘을 훨훨 나는 것처럼 기뻤다고 하신다. 그때부터 어머님의 기도는 지금까지 이어졌다. 기도의 습관이 몸에 배 새벽이면 저절로 눈이 떨어진다고 했다. 정화수를 떠 놓고 우물가에서 기도한 덕인지 그 후 어머님은 아들 네 명을 줄줄이 낳으셨다.

"자식이 황금덩어리여. 아무렴, 황금샘이지!"

자식을 황금으로 여기는 어머님 세대에 7남매는 기본이었다. 그러나 우리 세대는 둘도 많다는 시대였다. 자식을 많이 낳는 것이 욕망이고 소망이었던 그 시절이 점점 부러워지는 것은 어인 일인지. 자식을 주십사하고 기도 드렸던 그 정화수는 정말 황금을 주는 금샘이었던 모양이다. 아흔을 바라보는 어머님의 얼굴엔 자식들만 보면 세상을 다 가졌노라며 황금미소를 지으신다.

금샘에 얼굴을 비춰 본다. 황금물결이 바람에 일렁인다. 아버님과 어머님이 아들 하나 점지해 달라고 삼신할매께 두 손 모아 우물가에서 빌었던 그때처럼 나는 금샘 앞에서 손자든 손녀든 건강하게 낳도록 해 달라고 두 손을 모은다. 요즘 세상에 아이를 셋씩이나 낳는 사람이 어디 있냐고들 주변에서 어이없다고 하지만, 나는 손주가 하나씩 생길 때마다 샘에서 황금물이 쏟는 듯 부자가 된 기분이다. 이 기분을 어이할꼬. 금정산 억새를 따라 나도 쓰러졌다 일어난다.

한국산문 2016년 5월 신인상

가/지/런/하/다

齊
제 [가지런하다]

품명_〈빈둥지에 바람이〉

외길

지금도 나는 가지 않은 또 다른 길에 욕심을 내고
있으니 저들의 장인 정신이 부럽기만 하다.

외
길

온도가 적당한 봄날, 하동 평사리 최참판댁에 기행을 가게 되었다. 버스에 내려 올라가는 길목에 기념품 파는 가게들이 양옆으로 볼거리를 제공해 주었다. 토지 문학관을 올라가기 직전 초가집들이 모여 있다. 일행은 골목으로 들어갔다.

마루에 앉아 대소구리를 만들고 계신 어르신들을 발견했다. 세월은 어르신들의 얼굴에 깊고 두꺼운 인생의 줄을 그었다. 줄 사이에 맺힌 땀방울이 한낮의 더위를 대신하고 있다. 선풍기 하나로 의지하며 일을 하고 있지만 얼굴은 밝았다. 대방구리를 만들어 내는 분, 짚신을 만들어 내는 분, 멍석으로 한 뜸 한 뜸 세월을 엮어 내는 분, 그중에 가마니틀에 새끼를 걸어 가마를 짜는 분의 모습이 낯설지가 않다. 함부로 흉내 낼 수 없는 장색의 모습이란 저런 것일까.

"요즘도 이런 것 사 가는 사람 있어요?"

어르신께 말을 붙였다. 없어서 못 판다며 함께 입을 모은다. 전시

용으로 내놓은 것도 모두 예약된 것이란다. 어르신 중 한 분이 대바구니에서 손을 잠시 내려놓으며 속삭인다.

"놀면 뭐하것소? 이렇게 맹글어 놓으니 사람들이 옛것이라고 좋다고들 안 허요."

옛것을 지키면서 용돈벌이도 한다는 어르신의 말에는 자부심이 묻어났다. 팔십 년이 넘도록 해온 일이라는 말에 나이를 계산해 보다가 나는 입을 딱 벌리고 말았다. 그때 내 눈에 들어오는 것은 나이와 세월을 말해 주는 어르신의 얼굴과 손에 핀 검버섯이었다.

나이 들어서 일을 할 수 있다는 것은 어쩌면 살아 있다는 커다란 의미가 될 것이다. 요즘은 나이 들어도 일하고 싶어 하는 노인들이 많다. 정년퇴직을 하고 남은 시간이 너무 길다는 것은 누구나 느끼는 현실이 되어 가고 있다. 백세시대를 달리고 있는 노인들이 점차 늘어나는 시점이다. 이는 달리 말하면 우리나라도 고령화시대에 완전 진입했다는 뜻이다. 나이를 떠나서 사람은 일이 있을 때 삶의 가치를 느낀다. 고령에도 전통공예학교를 만들어 일을 하며 젊은이들보다 삶을 더 알뜰히 살고 계신 어르신들을 보니 어느새 내 마음은 신혼 초를 걷고 있다.

신혼 초에 작은 옷장 하나 두고 둘만 누우면 딱 맞는 방에서 살았었다. 어렵게 시작한 결혼 생활이라 좀 더 넓은 집으로 옮기기 위해 나는 뜨개질 학교를 만들었다. 내가 그때까지 할 줄 아는 것이라곤 뜨개질이 전부였다. 젖먹이 작은아이와 아장아장 걷는 큰아이를 데리고 버스를 탔다. 한 시간 정도 떨어진 곳에 가서 터개질옷 견본을 배워 와야 했다. 큰 실 뭉치를 머리에 이고, 작은아이는 업고, 큰아이는 허리춤에 손을 잡게 한 뒤 끌고 오듯이 먼 길을 왔다 갔다 했다.

배워 온 뜨개옷은 아기 윗도리였다. 외국으로 수출하는 옷이다. 견본을 가지고 사람들을 불러 모았다. 내가 배워 온 옷을 하나하나 가르쳤다. 무겁지는 않았지만 큰 실 뭉치를 버스에 실어 나른다는 것은 젊은 새댁으로서 부끄러운 일이 아닐 수 없었다. 그러나 젊었을 때는 못할 것이 없다는 각오로 겪어 내던 어느 날이었다. 버스가 얼마나 복잡했던지, 등에 업힌 아이가 버스를 들썩거릴 정도로 울었다. 아이가 숨을 쉴 수 없을 만큼 사람으로 꽉꽉 짜 놓은 버스 안이었다. 아이 울음소리에 나는 정신이 하나도 없었다. 복잡한 틈을 비집고 포대기를 풀어서 아이를 머리 위로 들어 올렸다. 아이는 그때서야 울음을 멈추었고 방실방실 웃기까지 했다. 그때 아이의 웃음은 지금까지도 잊지 못할 내 삶의 좌표처럼 남아 있다.

악착같이 살아야겠다는 각오로 사람들에게 열심히 가르쳤다. 단번에 배우는 사람이 있는가 하면 아무리 가르쳐도 못 알아듣는 사람도 있었다. '어려운 글도 배우는데 이건 기능적인 면이니 조금만 신경 쓰면 할 수 있다'는 격려를 아끼지 않았다. 그렇게 시간은 흘렀고 완성품이 나오면 사람들은 좋아서 어쩔 줄 몰라 했다. 그때의 동시다발적인 뿌듯함은 지금도 생생하다.

어떤 이는 뜨개질을 배워 삶이 달라졌다고 말하기도 했다. 시어른 생신 선물을 조끼를 떠서 고부간의 갈등이 해소되었다는 것이다. 아이들 옷을 손수 짜 입히면서 정이 돈독해지기도 하고 이웃에 선물을 하면서 이웃 관계가 좋아진 이도 있었다. 기술을 가르쳐주어 고맙다며 실 뭉치가 준 인연 실 뭉치로 갚는다며 자신의 덩치만한 실 뭉치 하나를 남기고 떠나는 여인도 있었다. 둥글둥글한 그녀의 큰 엉덩이가 내 마음속에 오랫동안 지워지지 않고 있더니 이곳 공예학교의 대바구니로 오버랩 된다.

그러나, 남편은 나를 이해하지 못했다. 아이들을 제대로 돌보지 않는다는 죄명을 씌웠다. 그 바람에 죄 없는 뜨개질 소쿠리만 마당으로 여러 차례 던져졌다. 몇 번을 그러고 나니 나도 뜨개질이 하고 싶지가 않았다. 뜨개질하는 여자의 모습은 남자들에게 있어 환상이라고 들었건만, 남편은 그런 낭만과는 무관한 사람이다.

그러던 중에 일이 터졌다. 아이를 보행기에 태워 놓고 뜨개질을 한 것이다. 눈 깜짝할 사이에 보행기가 죽담에 부딪쳐서 보행기는 보행기대로 아이는 아이대로 마당에 내동댕이쳐졌다. 아이 이마에는 피가 흐르고 있었다. 그때 얼마나 놀랐는지 어떻게 병원에 업고 갔는지 기억조차 없다. 그 후로 나는 뜨개질 소쿠리를 모두 처분하고 다시는 뜨개질을 하지 않았다.

어르신들도 대나무공예를 중간에 수도 없이 그만두고 싶었을지 모른다. 대도시로 나가면 더 쉽고 편하게 돈을 벌 수 있는 일이 많았을 것이다. 그러나 그런 유혹과 경제적 어려움을 겪어 내지 않았다면 지금의 장인은 없었을지 모른다. 오직 한길을 고집하며 우리 것을 지켜 온 어르신들이 아닌가. 민속촌에 함께하는 모습에서 지나온 세월이 보인다.

이유야 어찌 되었든 나는 뜨개질을 손에서 놓은 지가 오래되었다. 그때 열심히 뜨개질을 했기에 안정적인 가정의 밑거름은 되었지만, 뜨개질을 지금까지 했으면 뜨개질에는 박사가 되어 장인의 자리를 차지하고 있지 않을까. 자신을 아름답게 가꾸어 가고 하나의 예술을 이루어 내기 위해서는 외길을 걸어야 한다는 것, 그리고 참아야 한다는 것을 어르신들을 보며 느꼈다.

우리의 삶에는 수많은 길이 있다. 그 많은 길 중에 내가 선택한 하나의 길을 믿고 걸어가면서 되돌아보지 않고, 옆길로 새지 않고, 다른 길은 더 좋을까 욕심내지 않는다면 뜻을 이룰 수 있으리라. 나는 왜 그때 이런 사실을 몰랐을까. 지금도 나는 가지 않은 또 다른 길에 욕심을 내고 있으니 저들의 장인 정신이 부럽기만 하다.

한국산문 2016년 9월호

빈 둥지에 바람이

나는 누구에게 보채 볼까. 나 혼자의 마음을
빈 둥지에 내려 본다. 그런데 빈 둥지의 새들은 어느새 자기
갈 길을 가고 없다.

빈 둥지에 바람이

　별안간 새들이 날아든다. 날갯짓이 유별나게 활발하다. 새가 날아온 이유는 보금자리인 새집을 발견한 모양이다. 금정산성의 돌담은 기계로 쌓아 올린 듯 빈틈이 없다. 바람 따라 마음과 산성의 동문을 왔건만, 새들은 둥지만 쳐다본다.

　새끼 새들은 주위를 돌면서 빈 둥지를 회상한다. 화려하게 물든 단풍나무에 새집 하나 걸려 있다. 갈바람에 나무는 새집과 같이 흔들린다. 날아다니는 새들은 빈 둥지를 채워 보지만 쉽게 차지 않는다. 한번 비워 버린 둥지는 찬바람만 일렁인다. 나는 지난날 꽉 차있던 시절을 그리워하며 새집 주위를 서성거려 본다.

　마음속에 빈집 하나 짓고 산다. 다시는 돌아오지 않을 아버지의 모습이 날아든다. 재주꾼인 아버지는 하늘에서도 이것저것 손질하며 날아다니실까. 꿈속에서도 보이고, 새집에서도 보인다. 아버지의 영혼이 새가 되어 날아올 줄은 정말 몰랐다. 나는 어느새 아버지와 함께 추억 속을 헤매며 하늘에 떠도는 구름 한 조각을 삼킨다.

아버지는 잠시 반시도 가만있지를 않았다. 부지런함을 타고나셨다. 조금이라도 앉아 쉬고 있으면 불안하신지 일거리를 찾아다닌다. 할머니를 세 살에 여의고 서모 밑에 생활하면서 눈치만 늘었다. 형제 중에도 아버지는 외톨이였을지도 모른다. 배다른 형제들과 같이 자랐을 아버지가 상상이 된다. 그 모습이 눈에 그림처럼 훤히 보인다. 아버지는 몸도 마르고 얼굴은 그리 밝지 않았다.

그런데도 나는 아버지의 그 마음을 헤아려 드리지 못했다. 말이 없는 아버지가 하루는 술을 드시고 들어오셨다. 평소에는 얌전하고 자상하신 아버지가 무슨 일인지 혼자서 괴로워하는 모습을 보았다. 나는 너무 어려서 아버지의 마음을 흡수할 수가 없었다. 내가 아버지의 나이가 되고 보니 말 못할 마음을 어디 하소연할 데가 없었던 것이다.

아버지는 요술쟁이다. 잘 빚은 산성처럼 우리 집 돌담을 쌓을 때도 돌 하나 튀어나오지 않는 매끄러운 돌담을 거침없이 쌓아 나갔다. 알고 보니 아버지의 가슴속에 이름 모를 돌담 하나 쌓아 두었던 것이다. 나는 아버지 돌담처럼 흉내를 내 보지만 몇 개만 쌓으면 우러러 무너졌다. 깊이가 깊지 않아서 그런 모양이었다. 아버지의 깊은 마음 안에 돌을 쌓은 것처럼 그 무엇을 쌓고 살았던 것 같다. 마당의 돌담 쌓기도 보기에는 쉬운 것 같다. 그렇지만 삶처럼 녹록하지가 않다. 어려운 돌담 하나 가슴을 짓누르는 아버지의 삶이였다.

그렇게 조용하시던 아버지는 엄마를 먼저 보냈다. 혼자서 동생들을 거두면서 시골에서 살았다. 아버지는 여자같이 가정일도 곧잘 했지만, 그래도 남자 혼자서 하는 살림은 여간 힘들지 않았을 것이다. 아버지가 최고 힘들 때, 나도 제일 힘든 시기였다. 나는 결혼해서 적응도 하지 못하고 한창 힘들게 살던 때라 아버지에게 자주 찾아뵙지를 못했다. 어쩌다 한 번씩 아버지를 뵈러 가 보면 아버지는 노곤함에 삶의 한 자락을 씻어 내렸다.

그 모습을 보다 못한 오빠가 서울로 아버지와 동생을 데리고 갔다. 지금 생각해 보면 그래도 아버지가 터 잡고 살던 고향이 더 편안했지 않나 싶다. 나는 그 이후 멀다는 이유로 아버지를 찾아뵙지 못했다. 그때부터 나는 덜 여문 마음 자락을 서려 내리며 살았다. 아버지는 서울 오빠 집에 가서 몇 년 살지 못하고 몸에 병이 났다. 병원을 전전긍긍하시다 딸이 보고 싶은지, 아버지가 오빠에게 울산에 가고 싶다고 했던 모양이다.

서울에 있는 오빠가 비행기를 태워 아버지가 울산에 오셨다. 나는 공항에 가서 아버지를 모시고 왔다. 아버지의 모습은 피골이 상접한 모습이다. 나는 아버지의 모습을 보며 눈가에 물너울이 졌다. 바싹 말라 버린 아버지는 딸을 보니 그저 좋은지, 얼굴에 주름 꽃을 피웠다. 아버지는 이미 맛있는 음식도 드시지 못하는 상태였다. 죽으로 연명을 이어 가는 중이다. 얼마나 딸이 보고 싶었으면 이 몸으로 딸을 찾아왔을까.

저녁이 되었다. 아버지는 죽을 드시고 이내 자리에 누웠다. 잠을 청하는 아버지의 몸은 몹시 불편해 보였다. 밤이 깊어지자 아버지의 신음소리는 나의 가슴속을 갈기갈기 찢어 놓았다. 도저히 아버지의 고통을 볼 수가 없었다. 대신 아파 줄 수도 없고, 마음이 저려 왔다. 아버지의 온몸 떨림에 우리 집 전체가 일렁이는 것 같았다. 낮에는 좀 견딜 만한 모양이다. 저녁이 되면 고통은 칼로 살을 에는 느낌이다. 나는 도저히 아버지의 고통을 두 눈으로 볼 수가 없었다.

딸이 보고 싶어 힘든 몸으로 먼 길 온 아버지다. 그런데 서울 비행기를 태워 오빠에게 다시 보내 드렸다. 나는 볼 수 없는 모습을 오빠는 봐도 되는지, 정말 못난 딸이다. 아버지가 울산 오셨다 가시고 얼마 되지 않아 마지막 소식이 왔다. 나는 기가 차는지 눈물도 나지 않았다. 잠시 우리 집에 왔을 때, 아버지의 고통만 생생하게 느껴질 뿐 아무 생각이 없다. 아버지 앞에 부끄러운 딸이 되어 버렸다. 아버지와 마지막을 하고 나니 나도 모르게 쓸쓸한 빈 둥지가 되었다. 마지막을 이렇게 맞이할 수밖에 없었는지 머릿속이 까맣게 조여 온다.

아버지를 엄마에게 보내고 오면서 나는 생각에 잠기었다. 평생 외롭게 살아오신 아버지의 마음을 한 번이라도 헤아려 본 적이 있는지, 단명의 할머니에서 태어나 고생만 하다 돌아가신 아버지다. 조금이라도 더 오래 살았더라면 편안하게 모실 수 있었을 텐데, 무엇이 그렇게 바쁜지 엄마 아버지는 하늘나라가 그리웠던지 빨리 떠났다.

아버지는 모든 괴로움을 달래기 위해 온 정신으로 재주를 부리며 살았다. 그런데 나는 아버지가 즐거워서 이 일 저 일 하시는 줄 알았다. 돌아가신 뒤 이제 아버지의 마음을 알 것 같다. 그렇지만 아버지는 곁에 없다. 항상 그 자리에 계시는 줄만 알았다. 아버지는 말없이 가고 없다. 나의 빈 마음을 무엇으로 채울 길이 없다. 엄마를 잃어버린 아버지의 빈 둥지 마음이 이제야 헤아려진다.

엄마가 살아 있을 때는 그나마 새들이 날아들었다. 짝을 잃은 철새가 되어 한 마리의 새처럼 외로웠다면, 엄마가 돌아가시고부터 새집은 텅 비었다. 아담한 단풍나무의 빈 둥지가 부모님의 마음을 들여다보는 것 같다. 부모님이 가고 없는 빈 마음에 새들이 날아든다. 잠시나마 채울 수 있는 새들이 반갑게 여겨진다.

새집에 아버지의 영혼이 허기져 내려와 저승처럼 아득하게 느껴진다. 어느새 빈 둥지의 새들이 날아와 연신 밥 달라고 보챈다. 나는 누구에게 보채 볼까. 나 혼자의 마음을 빈 둥지에 내려 본다. 그런데 빈 둥지의 새들은 어느새 자기 갈 길을 가고 없다. 허전한 마음을 같이 나눌 수 있는 동지를 만난 듯, 바람으로 채워진 빈 둥지 주위에서 길 떠날 채비를 한다.

빈 둥지에는 바람만 가득하다.

러닝머신

실내 운동으로 텔레비전을 보면서 내 마음은 어느새
어린 시절로 달려가고 있다.

러
닝
머
신

　버거웠던 하루를 여민다. 바다는 붉은 꽃을 피워 어둠이 자욱한 하늘을 마중한다. 울퉁불퉁 밟히는 자갈 소리, 푹신푹신 들어가는 모래 소리가 발밑에서 소곤거린다. 파도들의 몸짓이 음표인 양 철썩철썩 노래를 한다. 노랫소리에 발맞춰 걸음걸이 또한 가볍다. 바다가 무음 무반주로 연주하는 사이 내가 걸어온 모래사장이 까마득하다. 나는 다시 그 길을 되돌아온다.

　비가 오는 날, 추운 날은 예외다. 그런 날에는 실내에서 걷기를 한다. 요즘은 시골에도 복지가 잘되어 있다. 바닷가에 이사 오고부터 운동을 시작했다. 나이가 드니 복부에만 살들이 달라붙어 선택한 운동이다. 운동을 하고부터 마음대로 몸 조절이 된다. 걷기나 달리기는 야외에서 하는 조깅, 걷기 운동과는 달리 날씨나 기온의 변화에 구애받지 않고 운동할 수 있어 좋다. 계기판을 보면서 주행 거리 체크, 속도 조절, 운동량을 조절할 수 있다. 자신에게 맞는 운동의 강도를 맞출 수 있어서 좋다.

　더 신기한 것은 지금까지 볼 수 없었던 일이다. 실내에서 걷기를 하면서 텔레비전을 볼 수 있다. 정말 세월 좋아졌다는 말이 속에서 연거푸 밀려 나온다. 운동을 하면서 보는 것이라 소리는 나지 않는다. 이어폰을 끼고 소리를 들어야 한다. 주위 사람들 피해를 우려한 셈이다. 나는 걷기를 하면서 항상 외국영화를 본다. 이어폰이 귀찮아서 가지고 다니지 않는다. 외국영화에는 자막이 나오니까 소리가 없어도 볼 수 있다. 자막을 읽으면 무슨 내용인지도 알 수 있다. 영어공부도 자연스럽게 익히게 된다. 실내 운동으로 텔레비전을 보면서 내 마음은 어느새 어린 시절로 달려가고 있다.

　내가 어릴 때는 텔레비전이 동네에 몇 대밖에 없었다. 우리 집은 가난해서 텔레비전은 엄두도 내지 못했다. 그래서 아랫동네 친구 집까지 보러 다녔다. 친구 집에는 언니들이 많아서 좋았다. 언니가 없는 나에게는 언니가 있는 그 친구가 부러움의 대상이었다. 여자들이 많고 언니들이 좋아서 그 친구 집에 저녁마다 갔는지 모른다. 텔레비전을 보면서 연속극 내용을 모르면 언니들이 설명해 준다. 그래서 더 쉽게 이해할 수 있었던 것이다.

　우리 집 가까운 곳에도 텔레비전이 한 집 있었다. 그 집에는 남자들만 수두룩해서 가지 못하고, 나는 무서움을 무릅쓰고 아랫동네까지 가야 했다. 친구 언니들은 노래를 좋아했다. 연말이 되면 텔레비전에서 십대 가수를 뽑는다. 친구 집 마당에는 사람들이 가득하다. 서로 자기가 좋아하는 가수가 나오면 고함을 지르고, 박수를 치고, 소극장에 온 기분이 든다. 어렸지만 감성은 끝도 없이 춤을 추었다.

그때 나는 '김상진의 새마을 내 고향' 예쁘게 생긴 가수가 텔레비전에 나오면 주위 사람도 필요 없다. 혼자서 폴짝폴짝 뛰면서 크게 따라 불렀다. '해~당화 피는 내 고~향 물새 우는 내 고~향' 김상진 노래라면 다 좋아했다. 고향이 좋아, 도라지 고갯길 등등 많이 있다. 들뜬 기분은 집에 올 때까지 가라앉지 않았다.

자정이 지나 '동해물과 백두산이' 애국가가 흘러나오면 집으로 온다. 칠흑 같은 거리를 오다 보면, 뒤에서 누가 잡을 것처럼 무섭다. 조금이라도 빨리 집에 오려고 마구 뛴다. 그때는 지금처럼 길이 잘 되어 있지 않다. 흙과 돌이 되어 있는 어두운 밤길에 돌부리에 걸려 넘어진 적도 많았다. 어릴 때 내 무릎은 성할 날이 없었다. 아물고 나면 넘어져 그 자리는 계속 피를 흘리고 다녔다. 지금 무릎의 상처 자국이 그때의 기억 자국이다. 오빠가 데리러 오는 날은 복권에 당첨되는 날이다.

요즘은 우리나라도 많이 발전했다. 운동을 하면서 텔레비전을 볼 수 있고, 집집마다 텔레비전이고, 방마다 텔레비전이다. 차 안에서도 텔레비전을 볼 수 있는 시대가 되었다. 바닷가에서도 텔레비전을 볼 수 있다. 이렇게 발전하리라 생각이나 했겠는가. 앞으로 얼마나 발전 할지 모르겠지만 정말 살기 좋은 시대인 것 같다. 전기가 들어오지 않아 호롱불 밑에 엎드려 공부하던 시절이 언제 있었는지, 기억의 끝자락을 밟아 서성거려 본다.

좋아진 세월만큼 절약하는 정신도 같이 보태지면 금상첨화가 아닐까. 스마트한 시대에 길들여지다 보니 절약하는 정신은 둔한 것이다. 전기가 모자라는 여름이 되면 더욱더 실감을 하게 된다. 몇 년 전부터 전기가 모자란다고 여름만 되면 아우성이다. 자기밖에 모르고 자기 가정밖에 모르는 이 시대가 낳은 결과일지도 모른다. 아끼며 저축하는 선조들의 지혜를 우리 세대들이 조금이라도 닮았으면 하는 마음 간절하다.

이제 아랫동네까지 무서운 길을 달려가지 않아도 되고, 돌부리에 걸려 넘어지지 않는다. 지나치게 넘치는 생활 속에도 만족하지 못하는 사람들이 많을 것이다. 돌고 도는 둥근 세상을 후손들에게 넘길 수 있도록 깨끗한 환경을 만들고 절약해야 한다. 시골에는 공기가 좋아서 굳이 전기로 이용해 걷지 않아도 된다. 기후에 따라 이용해도 충분하다. 자연과 대화하며 걷는 멋진 러닝머신도 있기 때문이다.

시간을 밟아 가며 시간의 자국을 새기는 것은 지나간 추억이다. 바닷가 모래 자국은 파도가 씻겨 내려가지만, 그 발자국은 마음속의 발자국으로 영원히 남아 있다. 등대 불빛이 어둠을 뚫고 저 멀리 수평선을 바라본다. 내 눈도 등대를 바라보며 시간의 창고 속에서 그림자를 남긴다. 가로등의 불빛이 어두운 바다에 내려앉고, 기억

창고를 더듬으며 집으로 걸어 들어오는 발걸음이 한결 가벼워진다.

밤하늘에는 거름이 좋아 별들의 씨앗들이 무성하게 잎을 틔우며 나를 비추고 있다.

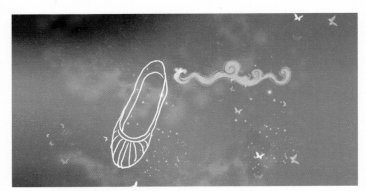

색동 고무신

때 묻은 고무신처럼 내가 가져갈 수도, 다가갈 수도 없다. 그저
바라보고 그리워만 해야 하는 존재…….

색동
고무신

　백련암 죽담에 때 묻은 고무신이 외로워 보인다. 주위에는 아무 기척이 없다. 옆에는 잡초들이 무성하게 고무신을 바라보고 있다. 주인 잃은 슬픔에 흘린 눈물이 고무신 안에 떨어졌나, 흙먼지가 날아들어 범벅이 되어 긴긴 세월을 보내다 까맣게 고여 있는 고무신이 그리운 사람을 생각나게 한다. 때 묻은 고무신에 색동은 보이지 않고, 백련암 뒤뜰에 퇴색되어 나를 기다리고 있다. 솜털구름이 지나가는 하늘을 쳐다보며 기억 저 너머 엄마가 그리워진다.

　초등학교 시절에는 고무신 하나 사 신기도 어려웠다. 친구가 새 고무신을 신고 학교에 오면 반 친구들이 번갈아 가며 신어 보는 따뜻한 교실 분위기였다. 유일하게 명절이 되어야 옷과 신발을 사 주었던 시절이다. 엄마는 명절날 새것으로 신어야 한다고 명절 안에는 고무신을 신지 못하게 했다. 못 신게 하면 더 신고 싶은 충동은 그때나 지금이나 변함이 없다. 나는 몰래 색동 고무신을 신었다 벗었다 반복하면서 명절을 기다렸다.

드디어 명절이다. 날아갈 듯한 마음으로 친구들과 아래동네 윗동네 다니면서 신발 자랑을 하며 다녔다. 그런데 예쁜 색동 고무신은 나와 인연이 그리 길지 않았다. 명절이라 친구들과 읍내 영화관에 가게 되었다. 요즘은 명절이 명절 같지 않은데 어린 시절에는 손꼽아 기다린다. 명절 분위기가 요즘과 판이하게 다르다. 마음이 붕붕 날아다니며 읍내에 나가게 된 것이 화근이 되었다. 나는 유난히 물을 보면 겁이 많다.

집 부근에는 제법 넓은 냇가가 있었다. 비가 많이 와서 냇가에 물살이 심했다. 새 고무신을 신은 걸 망각하고 친구들과 냇가를 건너다 굽이쳐 내려오는 무서운 물살이 내 마음과 새 신발을 삼켜 버렸다. 순간에는 신발이 생각나지 않을 정도로 잔뜩 겁에 질렸다. 정신을 차리고 보니 발에는 신발이 없었다. 나는 그때부터 걱정이 파도처럼 밀려왔다. 어렵게 마련한 색동 고무신을 떠내려 보냈으니, 새 고무신을 좋아할 틈도 없이 명절날 냇가에서 한쪽을 잃어버렸다. 부모님에게 혼날까 봐 걱정도 되고, 신지 못한 예쁜 신발이 너무 아까워 속이 상했다. 명절 분위기가 엉망이 되어 버렸다. 집에도 못 들어가고 무서워서 눈이 퉁퉁 붓도록 울었다.

어려운 형편에 억지로 장만해 준 고무신이다. 그런데 고기들의 놀이터를 만들어 버렸으니 속이 탔다. 무서워서 집에도 못 들어가고 친구 집에 몰래 숨어 있었다. 엄마는 온 동네 나를 찾아 헤맸던 것 같다. 저녁이 되어서야 어떻게 알았는지 숨어 있는 친구 집에 찾아왔다. 없어진 딸이 무슨 일이 생겼나 싶어 걱정을 많이 했던 모양이다. 보자마자 반가워서 눈물을 글썽이며 안고 머리를 쓰다듬어 주었다. 어려운 집안 사정으로 힘들게 장만해 준 엄마의 마음을 전혀 몰랐다. 엄마는 못난 딸을 찾는다고 온 동네를 누비며 속이 새까맣게 타들어 갔을 것이다. 나는 두 번이나 엄마의 속을 태운 불효를 저질렀다. 그래도 엄마는 눈물을 글썽이며 안도의 숨을 쉬었다.

"괜찮다. 신발은 또 사면 되지만 우리 딸은 절대 살 수 없다. 세상에 그 무엇과도 바꿀 수 없는 소중한 딸이다."

우리 딸이 더 소중하다며 겁에 질린 나를 엄마의 따뜻한 심장으로 녹여 주었다. 어린 마음에 엄마가 쉽게 용서해 주리라 생각을 못했다. 나이 들어 생각해 보니 엄마는 정이 참 많았다. 낙천적이고 소탈했던 엄마의 살아생전 모습들이 하나하나 떠오른다. 집에 왔어도 딸의 마음을 안정시켜 주는 엄마였다. 신발만 떠내려 보냈으니 다행이다. 소중한 딸 냇가 잘못 건너다 떠내려갔으면 큰일 날 뻔했다며 행복한 엄마의 표정이었다. 친구 집에 숨어 있었던 나를 후회스럽게 만들었다.

착한 사람은 하늘이 빨리 데려간다는 속설이 있듯이, 그 말이 엄마의 짧은 생을 말해 주는 것 같다. 우리 엄마라서 그럴까. 무서운 할머니 밑에서 고생만 하다 일찍 하늘나라로 가신 엄마가 그리워진다. 효도할 기회도 주지 않고 가 버린 엄마를 원망한 적도 많았다.

어버이날만 되면 눈이 붓도록 혼자 우는 딸의 마음을 엄마는 아실까. 부모 자식 간의 사랑은 끝이 없다. 누구나 자기 자식에게는 똑같은 마음이다. 엄마는 어려운 살림살이에도 자식이 해달라면 다 해 주었다. 엄마의 짧은 운명을 예언이라도 한 모양이다.

내가 자식을 낳아 키워 보니 엄마에게 힘들게 했던 점들이 너무 많아 후회가 된다. 어릴 때 나는 엄마 말을 정말 듣지 않았다. 엄마 나이 46세에 낳은 막냇동생을 내가 봐야 하고 거의 내가 키웠다. 동생 보는 것이 죽기보다 싫었다. 마음껏 뛰어놀고 친구들과 편안하게 놀고 싶었다. 그런데 동생 때문에 잠깐도 마음 놓고 놀 수가 없었다. 그래서 엄마 말을 듣지 않았다.

엄마가 돌아가시고 난 뒤 뉘우친 것 같다. 그때부터 고무신만 사면 짚수세미가 닳도록 씻었다. 죄의식을 문질러 엄마의 마음을 느끼며 그리워했다. 용서를 구하는 마음에서였다. 사람이란 항상 가까이 있을 때는 모른다. 가고 나면 후회하고 반성하는 모양이다. 고무신만 보면 냇가에 떠내려 보낸 생각이 떠오른다. 넓은 마음으로 용서해 준 엄마도 생각난다. 그 냇가에 앉아 고무신을 벗어 돌로 문질러 하얀 물이 날 때까지 문지르며 엄마를 그리워 한 적도 많았다. 돌아가시고 몇 년까지 하늘만 쳐다봤다. 새털구름과 함께 흘러가는 엄마가 하늘에서 나를 내려다보고 있을 것이라 생각했다.

백련암 뒤뜰에 때 묻은 고무신이 엄마의 흔적 같아서 더 생각나게 한다. 지금 살아 있다면 엄마가 내게 사 준 예쁜 색동 고무신처럼

나도 발이 편안한 구두를 사 주고 싶다. 하얗고 깨끗한 고무신처럼
맑게 살다 간 엄마가 냇가에서 비친다. 생애 마지막 시간까지 내게
베풀어 준 사랑처럼 나는 지금 그 무엇으로도 어머니를 살 수 없다.
백련암 죽담에 때 묻은 고무신처럼 내가 가져갈 수도, 다가갈 수도
없다. 그저 바라보고 그리워만 해야 하는 엄마의 존재를⋯⋯.

고분

나를 지탱해 주는 어머니의 품속 같이 아늑하고 편안한 곳이다.
그 옛날 무열왕릉이 놀이터를 내주었던 둥근 삶처럼.

고
분

　선도산의 곡선은 옛날이나 지금이나 그대로다. 무열왕릉 정문 앞에서 안의 풍경을 들여다본다. 잘 꾸며진 능은 옛날과 다르다. 넓은 울타리 안에 사라져간 역사를 고스란히 복원하여 관리해 온 모습이 한눈에 들어온다. 역사의 숨결을 부담 없이 돌아볼 수 있도록 배려한 입장료며, 근엄하고 엄숙한 옷으로 갈아입고 있는 모습을 보니 빠른 세월을 실감한다. 유년시절에는 놀이터로 뛰어놀던 곳이다.

　대단한 왕의 무덤을 후손들이 잘 관리하여 신라 29대 태종 무열왕릉의 훌륭한 변모를 갖추고 있다. 신라 중대의 첫 진골 추신으로 당과 연합하여 백제를 멸망시키고 통일을 기반 잡은 빼놓을 수 없는 무열왕 김춘추 능으로 깔끔하고 손색없는 문화재로 변신되어 있다. 몇 십 년 만에 찾아본 무열왕릉의 모습이 너무나 달라져 있다.

　왕릉으로 들어가는 입구에 묘비가 보인다. 비신은 잃었지만 이수와 귀부는 온전히 남아 있다. 받침돌은 거북 모양을 하고 비신위의 머릿돌은 용의 모습으로 치켜세워져 있다. 어릴 때는 그저 거북이가 있어 무서워했다. 그래도 거북이는 우리의 놀이터였다. 오랜만에 무열왕 비를 만나 보니 규모가 크고 화려하다. 마치 살아 움직이는 듯 사실적인 표현과 통일 신라 전성기의 깊고 유려한 예술성이 보이는 듯하다. 무열왕릉의 외출이 나만의 과거 속으로 빠져 들어간다.

사십 년 전. 무열왕릉은 전혀 관리가 되지 않았다. 마음껏 뛰어놀고 뒹굴고 할 수 있었던 곳이다. 주위에 울타리는 전혀 없었다. 요즘 그 어떤 놀이터보다 훌륭한 놀이터였다. 무열왕릉 뒤쪽으로 무열왕의 선조를 모신 어머니의 젖무덤처럼 비슷한 능이 네 개가 선도산 자락에 자리하고 있었다. 그 능 주위에 논이 있어서 둘러앉아 참 먹는 자리도 되고 다섯 개의 능이 고맙게도 말없이 우리들의 놀이터가 되어 주었다.

무열왕릉은 지금도 크지만 어릴 때는 더욱더 크게 보였다. 어린 나에게는 고분 정상까지 오르려면 힘도 많이 들고 한참 올라가야 했다. 요즘 산을 오를 때 정상 올라가는 그 느낌인 것 같다. 어릴 때는 여간 힘들지가 않았다. 두 발로 올라가는 것이 아니고 네발로 기어 올라갔다. 군데군데 파손도 되어 있고 돌이 많아서 여러 번 다치기도 했지만. 엄마가 온 동네를 찾아다닐 때까지 어둑어둑해야 집으로 돌아왔다. 그때 노는 시간과 지금 세월 흐르는 소리가 흡사하다.

우리에겐 미끄럼틀이었고 숨바꼭질로 숨겨 주는 말없이 착한 능이었다. 능 위로 걸어 올라가서 비료 포대를 깔고 바닥까지 한참 내려가면 그때의 재미는 말로 표현할 수가 없다. 자연 미끄럼틀이었다. 능이 크다보니 숨바꼭질을 해도 한참 뛰어야 했다. 너무 커서 잡을 수가 없었다. 넓은 대지에 소나무들이 많아 숨기도 좋았다. 어렵던 그때 미끄럼 탄다고 바지마다 엉덩이에 구멍이 났다. 나는 무열왕릉 미끄럼틀 때문에 부모님에게 회초리로 맞은 적이 한두 번이 아니다. 아무것도 모르고 놀던 무열왕릉 놀이터가 지금까지 살아오는 데 체력의 뒷받침이 되어 주지 않았을까.

무열왕릉이 김춘추 왕의 능이란 걸 알았더라면 어디 감히 능 위에 올라가서 미끄럼을 탔겠는가. 어릴 때는 아무것도 모르고 마음대로 놀 수 있었던 우리만의 놀이터고, 꿈을 키울 수 있었던 곳이었다. 어려워해야 할 무열왕릉이 나에게는 친근함으로 다가왔다. 마음껏 철없이 뛰어놀던 철부지 시절이 그립다. 그래도 마음만은 부자였던 시절이었다. 무열왕릉이 우리의 놀이터가 되어 주고 온 삼라만상이 우리의 놀이터였던 어릴 때의 삶이 지나와서 되돌아보니 지상의 낙원이 아니었나 싶다.

책가방이 없어서 책을 보자기에 싸서 돌돌 말아 허리에 매고 다녔다. 도시락을 먹고 등에서 장단을 맞추는 요란한 소리가 음악처럼 발맞추어 뛰어다녔던 무열왕릉이다. 어렵던 생활환경이 어떻게 보면 마음을 편안하게 만들었던 것이다. 좋은 가방, 좋은 신발은 없었다. 그래도 자연이 주는 모든 걸 누리고 살았다. 둥근 하늘이 있었고, 둥근 무열왕릉이 있었다. 보기에는 엄숙하고 근엄한 곳이어도 나에게는 즐거운 어린 시절을 만들어 준 추억의 장소다.

무열왕릉과 어릴 때 살던 집을 돌아보고, 버스를 타고 오면서 흐르는 세월을 소재로 사색에 잠긴다. 마음 한복판에서 숨 쉬고 있는 자아는 과거로 현재로 넘나들며 바쁘게 뛰어다닌다. 지금까지 감아져 있는 나만의 필름이 살아서 움직이는 것이 보인다. 그리 녹록하지 못해도 추억은 아름답다. 먹을 것 입을 것이 풍족하다고 행복한 것은 아니다. 부족했지만 풍부하고 순수한 자연과 뛰어놀던 그때 그 시절에 태어난 걸 다행으로 생각한다. 어릴 때는 배우지 않아도 삶 전체가 배움터고 주위의 자연이 공부거리였다.

지나간 시간과 추억은 애착이 더 가고 마음으로 껴안고 싶은 곳이다. 그러니 무열왕릉은 내 마음속에 하나의 무덤이 아니라 나를 지탱해 주는 어머니의 품속 같이 아늑하고 편안한 곳이다. 그 옛날 무열왕릉이 놀이터를 내주었던 둥근 삶처럼.

신혼여행

기나긴 세월을 함께한 바짝 마른 부엌 바닥과 다부진
종부의 모습에서 지나온 삶을 대변해 준다. 부뚜막에서 종부의
일생이 흔적으로 나타난다.

신혼여행

 부모의 모습을 자식들은 그대로 닮는다. 음식도 마찬가지다. 먹는 습관부터 좋아하는 음식까지 모든 것이 복사판이다. 무엇보다 식성은 더욱더 닮는 모양이다. 뒤에서 걸음걸이만 봐도 누군지 알 수 있을 정도다. 씨도둑은 못하고 피는 못 속인다는 말이 딱 맞는 말인 것 같다. 이 모든 것이 자연의 이치인 것 같다.

 오월의 초순 토요일 오후다. 아들과 딸의 갑작스런 방문이다. 저녁 열두시가 지나고 또 하루를 맞이하는 한 시가 다 되어 가는데 아들이 통닭을 시킨다. 통닭집에는 열두시가 넘어도 영업을 하는 모양이다. 아들은 집에 와서 먹으려고 많이 참았다고 한다. 어버이날이라고 누나와 연락해서 같이 왔다고 한다.

 "마늘 통닭 시켜 먹자."

 새벽 한 시에 생맥주와 통닭이 배달되었다. 술상을 차려 가족이 빙 둘러앉았다. 딸이 예쁜 잔에 마시자며 와인 잔을 꺼내 온다. 생맥주를 와인 잔에 부어 부딪치는 소리가 경쾌하다. 나는 시간을 정지시키고 싶은 마음을 아이폰에 담았다. 그냥 보낼 수 없는 오랜만의 만남을 사진으로 저장한다. 날이 새는 줄도 모르고 그동안의 못한 이야기에 밤을 샌다. 날개 하나 잡은 사이에 통닭이 사라져 가는 것을 보고 지나가 버린 아까운 시간을 거미줄에 매달아 본다.

만물이 생동하는 삼월 초에 우리는 결혼을 했다. 우리의 역사는 거의 봄에 다 이루어진 셈이다. 우리가 만난 것도 벚꽃이 만발인 봄이다. 열두시에 결혼식을 하고 폐백까지 끝내고 나니 시간이 꽤 걸렸다. 삼월의 시작과 함께 결혼식을 마치고 신혼여행을 갔다. 점심도 먹지 못하고 배가 고픈 나머지 통닭을 사 들고 경주 불국사로 갔다. 지금 생각해 보면 철없던 행동이 부끄럽기만 하다. 상상하면 할수록 웃음이 나온다.

통닭을 미리 먹지도 못하고 그대로 들고 불국사 구석구석 향기를 풍기며 구경을 했다. 냄새가 진동하는 통닭을 들고 경이로운 절 안을 누볐으니 손가락질을 받았을 것이다. 그때는 그것을 들고 다니는 자체를 잊고 있었다. 시간이 지나 생각해 보니 왜 그런 행동을 했을까 싶다. 석굴암 쪽 산기슭에서 통닭을 펴 놓고 우리 부부의 식도는 행복에 젖어 눈을 감았다.

신혼 첫날밤을 불국사 앞에서 보냈다. 낮에 먹었던 통닭이 모자랐던지 남편은 또 통닭 한 마리와 술을 사 들고 왔다. 연애결혼은 서로 부담이 없어서 좋은 것 같다. 우리의 어두운 미래를 두려워하며 오지 않은 시간을 가불해 쓰고 있었는지도 모른다. 통닭과 술이 마지막을 울릴 때다. 밖의 외등은 허공에서 졸고 가로수는 맨몸으로 떨고 있었다. 우리의 밤은 통닭의 역사를 만드는 하루를 챙겼다.

둘 다 통닭을 좋아하다 보니 아들과 딸도 통닭을 좋아한다. 집에 올 때마다 통닭은 빼놓지 않고 시켜 먹는다. 한번은 통닭을 한 마리 시켰다. 내가 맛있게 먹었다. 아들이 가만히 쳐다보고 있었다.

"엄마도 통닭 잘 먹네요?"

아들이 의아한 눈으로 보며 한마디 한다. 유리벽처럼 힘들 때는 통닭 한 마리 시키면 아들딸 둘이서 다 먹었다. 자식들 먹는 것만 봐도 배가 불렀다. 아들딸 많이 먹이려고 먹지 않았다. 그렇다고 두 마리를 시킬 수는 없었다. 서른이 넘은 아들이 엄마는 통닭을 못 먹는 줄 알았단다. 요즘은 엄마 아빠 많이 먹으라고 성화다. 이제는 반대가 되었다.

아들딸이 어릴 때 우리 가족은 외식이 통닭집이다. 시장 안에 통으로 구워 내는 통닭집이 있었다. 그 통닭집 주인아주머니도 구수했다. 우리 가족이 가면 항상 반갑게 맞이한다. 통닭을 장갑 낀 손으로 찢어서 먹기 좋게 해 준다. 우리 애들을 보면 용돈 하라고 동전을 주고 '어쩜 저렇게 예쁘고 잘 생겼노' 하며 입에 침이 마르도록 칭찬도 했다. 우리 가족은 모이면 그때 그 아주머니 보고 싶다고 한다. 몇 번이나 찾아가 보았는데 이사를 했는지 그 통닭집이 없어졌다.

"어머님, 관이 아빠는 정말 통닭 좋아해요."

며느리가 신기하다는 듯 말문을 연다. 닭띠라서 통닭을 좋아하는지 일주일 정도 안 먹으면 통닭 시켜 먹자고 한단다. 좋아해도 심하게 좋아한다. 퇴근해서 늦은 시간에 먹어도 소화를 잘 시킨다. 아들이 좋아하니까 손자까지 통닭 한 마리 시키면 눈 깜짝할 사이에 없어진다며 신기할 정도로 닮았다고 웃음 짓는다. 한 마리 시키면 모자란다고 한다.

누구나 좋아하는 음식이 있기 마련이다. 세월이 흐르면 입맛도 변한다고 하는데 우리는 아직 변하지 않는다. 요즘도 우리 가족이 만나면 통닭은 빼놓을 수가 없다. 특별한 날은 통닭도 꼭 등장한다. 이제 통닭은 우리 가족이다. 결혼기념일이 돌아오면 통닭과 셋이서 촛불을 끈다. 그때 불국사 신혼여행을 생각하며 맞지 않은 통닭과 절의 궁합을 이 시대에 맞추어 본다.

내가 자식을 키울 때는 내가 적게 먹고 자식을 먹였다. 올바른 교육방법은 아닌 것 같았다. 며느리는 나처럼 자식을 키우지 않았으면 한다. 부모의 마음은 과거나 현재나 똑같다. 자칫 잘못하면 자기만 아는 이기적인 자식으로 키울 수 있다. 부모를 존중할 줄 아는 자식으로 키우기 위해서는 부모가 좋은 것 먼저 먹는다는 것을 자식에게 인식시켜야 하지 않을까.

등 굽은 것조차 닮은 부자의 모습이 컬러 복사가 되어 걸어가고 있다.

운동화 한 켤레

어머니와 아들이 함께 시간을 보내는 모습이 정겨워 보인다.
운동화 신고 흙을 밟으며 위대한 자연의 소리를 들어 본다.

운동화 한 컬레

흙은 씨를 뿌리지 않아도 땅에서 뭔가 푸르른 것을 생산해 낸다. 그냥 노는 꼴을 못 본다. 시집 마당에는 잔디가 보기 좋게 자라고 있다. 잔디 사이로 잡초들이 사람의 눈을 피하며 고개를 숙인다. 잔디 사이 숨어 있어도 눈이 어두운 어머님 손에 어김없이 뽑혀 나간다. 잔디에 누워 잡초는 시들어 간다. 잡초가 어머님 손에 수난을 겪는다. 상추밭에 모자가 앉아서 오순도순 해가 떠오르는 줄 모르고 발아래 떨어진 햇살 한 조각을 사이에 두고 소곤거린다.

남편의 마음은 농촌으로 가고 있다. 공기도 좋고 텃밭의 채소도 키우며 자연과 대화하며 살고 싶은 모양이다. 그래서 이른 아침부터 어머님 곁에 바짝 따라다니면서 수업을 받는다.

"감자와 마늘은 언제 심는교?"

어머님은 아들에게 정성스럽게 대답한다. 농사가 싫어 떠난 둘째 아들이 시골로 온다니 그래도 흐뭇하신 모양이다. 남편은 하나하나

노트에 순서대로 나열한다. 나는 물끄러미 두 모자를 바라보며 신이 났다. 자연을 좋아하는 나는 시골이 좋다. 시골은 문만 열면 마음의 고향인 흙을 밟을 수 있다. 흙을 만질 수 있는 삶의 현장이 될 수 있다. 남편은 이제 텃밭을 가꾸고 시골로 들어올 심산이다.

남편의 유년시절은 일을 많이 하고 늘 배가 고팠다. 요즘은 기계로 하는 일들을 그때는 손으로 다 했다. 눈만 뜨면 일을 해야 하는데 먹을거리는 풍족하지 못했다. 그래서 농사가 진절머리 난다고 했다. 배가 고파서 부수적인 일로 가까운 산에 가서 나무를 하루에 오전 오후 한 짐씩 해다 오일장에 내다 팔았다. 나무 판 돈으로 밀떡과 보리건빵 먹는 재미가 쏠쏠했다고 털어놓았다. 소 풀 베고 쇠죽 끓이는 당번은 늘 남편이다. 논과 밭을 다니면서 농사일을 남편에게 제일 많이 시켰다. 남편은 부모님이 시키는 대로 열심히 농사일을 잘했다. 그래서 하루는 부모님이 마루에 불러 앉혔다.

"운동화 한 켤레 사 줄 테니 학교 가지 말고 농사지을래?"

남편은 어린 마음에 공부도 하기 싫고 운동화도 신고 싶었다. 형편이 어려워서 고무신만 신었던 남편이다. 어릴 때는 운동화를 신어 볼 수가 없었다. 그래서 남편은 대답을 했던 모양이다. 그때부터 부모님은 둘째 아들을 농사꾼 만들려고 작정을 하셨다.

요즘은 모내기를 기계로 한다. 기계가 닿지 않는 부분만 손으로 심는다. 그때는 큰 논을 다 손으로 모내기를 했다. 어릴 때부터 농사일을 해야 하는 시대다. 모를 심을 수 있는 손이 많아야 논이 빨리 줄어들었다. 시집에서는 모내기를 한 줄 한 줄 심지 않았다. 조금이라도 빨리 심으려고 줄을 크게 벌려 두 줄씩 심었다. 못줄 옮기면서 허리를 펴는데 두 줄 심고 못줄을 옮기려니 허리를 펼 시간이 없었다. 물 논에서 퍼질러 앉지도 못하고 정말 힘이 들었던 시대다.

남편은 남의 집에 품도 다녔다. 비가 많이 오면 안 가도 되는데 비가 조금 올 때는 품을 가야 했다. 품을 하루 하고 나면 다음에 그 집도 와서 해 준다. 마을의 손을 모은다는 의미다. 서로서로 도와가며 농사를 짓는 지혜로운 방법이다. 남의 집에 품을 많이 가 주어야 우리 집에 심을 때 수월하다. 가서 해 준 만큼 와서 해 주니까. 다음에 이용도 할 수 있고 신용도 있다. 남편은 키가 작아 비옷이 논물에 잠겨 흙탕물로 목욕할 때가 한두 번이 아니었다. 어릴 때는 마음껏 뛰어놀아야 하는데 어른처럼 일을 했으니 가출하고 싶은 생각이 꿀떡같이 들었던 모양이다.

아무리 생각해도 농사일은 적성에 맞지 않아서 결정을 내렸다. 한창 바쁜 농번기에 부모님에게 말 한마디 하지 않고 가출을 해 버렸단다. 요즘 같으면 부모님이 찾아다니고 경찰에 신고하고 난리다. 그런데 숯덩이가 된 부모님은 찾지 않았다. 바쁜 농사일 때문에 차일피일 미루었다. 그런 어머니의 속은 새까맣게 타들어 갔을 것이다. 부모 마음은 다 똑같으니까. 부모님은 자식의 마음을 미리 알았던 모양이다. 마음은 아팠지만 일부러 찾지 않았던 것 같다. 나가서 밥이나 굶지 않고 잘 살기를 바라는 마음이었다고 했다. 그때는 어려워서 한 명이라도 나가 입을 덜어야 하던 시절이다. 농사철에는 바쁘지만 그 시기만 지나면 조금 한가하니까.

남편은 입은 옷 그대로 가출했다. 고생은 되었지만 저녁에는 학교 다니고, 낮에는 일할 수 있는 곳에 취직을 했다. 그때 돈 사천 원을 한 달 월급으로 받았다. 한 달 벌어서 윗도리, 그다음 달에는 바지를 사 입었다. 그렇게 밤에 공부하고 낮에는 직장에 다녔다. 그러나 혼자의 삶이 녹록지 않아 집이 그리울 때가 많았다. 혼자서 속울음을 운 적이 많았단다. 나가서 몇 달 지내다 집으로 돌아오니 어머니가 아들을 부여잡고 우셨다. 온갖 감정과 원망이 뒤섞인 얼굴로 아들을 보았다. 아들과의 만남도 잠시, 바쁜 농사일은 어머니를 다시 밭으로 내몰았다.

남편은 베이비 붐 시대에 태어나 지금은 다시 자연으로 돌아가고 싶다. 시멘트만 보이는 도시 생활은 너무 삭막하다. 도시에서 결혼하고 자식을 키웠다. 이제 적성에 맞지 않은 농사도 기계화가 되었다. 원초적인 흙으로 가고 싶은 모양이다. 하늘 한 점 부끄럼 없는 직업이 농사짓는 것이라는 생각이 든다. 아직도 도시는 농촌보다 감정이 메마르다. 도시에는 흙을 보기가 힘들 정도로 온통 시멘트와 콘크리트 세상이다.

흙으로 돌아가서 자연과 대화하며 살고 싶다고 표현한다. 손에 흙을 만지며 텃밭을 일구고, 땀방울 송글송글 맺힌 열매를 보며 농촌에 감전되고 싶단다. 나도 남편이 심은 상추해서 빡빡 된장으로 크게 벌린 입에 상추쌈이 들어가는 농촌에서 살고 싶다. 남편의 손으로 농사 지어 아들딸 친척 불러서 농촌의 여유로움을 보여 주고, 거짓 없는 자연을 벗 삼아 대화하며 물 조리로 물 주며 살고 싶은 모양이다. 쌀과 보리쌀이 모자라는 미래를 바라보며 넉넉함으로 대비해 본다. 농사가 싫어 떠나 버린 시골의 참맛을 그때는 몰랐다. 시간은 화살이 허공을 통과하는 것처럼 감각의 그물에 걸리지 않고 어느새 흘러왔다. 아늑한 보금자리가 되어 누렇게 물든 들녘 중간에서 서성인다.

"쌀 나무가 어떻게 생겼어요?"

신세대들의 견학지를 만들어 어린 꿈나무들의 입으로 들어가는 밥의 역사를 가르쳐 주고 싶다. 할머니 굽은 등에 햇살만 보일 것이 아니라 어린 꿈나무 등에도 따뜻한 햇살이 내리도록 농촌 생활을 익힐 수 있고, 흙의 진리를 알 수 있는 장이 되도록 만들고 싶다. 쌀 나무가 이렇게 만들어진다는 것을 자신 있게 설명하고 현장을 보여 주며 노후를 보내고 싶다.

살기 힘들어 떠났던 남편이 다시 흙으로 돌아온 곳이 농촌이다. 어머니와 남편이 다시 돌아와 정을 나누는 곳도 농촌이다. 각각의 일을 해야 하는 도시에서는 찾아볼 수 없는 장면이다. 어머니와 아들이 함께 시간을 보내는 모습이 정겨워 보인다. 공기 좋은 곳에서 세포 하나하나 정화시키며 자연을 벗 삼아 석양을 바라보며 하늘의 물과 호수의 물이 서로 몸을 섞는 풍경을 바라본다.

시골에서 운동화 신고 흙을 밟으며 위대한 자연의 소리를 들어 본다.

연서

그때 나는 날마다 우체통에 편지를 넣으면서 기도했다.
내 편지가 그에게 잘 도착되기를.

연
서

　생각지도 못한 일이다. 남편이 컴퓨터를 배운다는 일은. 어지간
히 답답했던 모양이다. 기계와는 거리가 먼 사람이다. 컴퓨터 학원
을 몇 달 다녔다. 그런데 배운 걸 보여 주고 싶었던지 내게 이메일
을 보내왔다.

　'화이트데이'

　제목을 보는데 가슴이 설레기 시작했다. 나이 오십에 연애할 때
마음이 불쑥 들었다. 누군가에게 듣긴 들었던 모양이다. 화이트데
이는 남자가 여자에게 사랑을 고백하면서 사탕 주는 날이라는 말까
지 적어 보냈다.

　'사랑해, 그리고 고생만 시켜서 미안해.'

　내가 사탕을 싫어하니까 딸기를 사 주겠단다. 그러면서 저녁에
함께 밥 먹자는 편지다. 그런데 이렇게 늦게 이메일을 확인했으니
밥이고 딸기고 물 건너간 지는 오래다. 혼자 가슴앓이 하고 있을 남

편을 생각하니 평소 남편을 나무랐던 내가 남편보다 더 무던 것이 아닌가 하는 미안한 마음이 든다.

퇴근 무렵 나를 찾아온 남편에게 나는 이메일을 보낸 사실도 모르고 나는 밥 생각 없으니까 집에 가서 밥 먹고 쉬고 있으라고 했다. 저녁 일을 다 끝내고 컴퓨터를 켠 다음 이메일을 열어 봤다. 너무나 미안한 마음에 남편에게 전화를 했다.

"맥주나 한잔해요."

남편도 숙맥이고 나도 바보다. 삼십 년 전의 편지로 되돌아가 본다. 그 시절에는 빨간 우체통이 거리의 징검다리처럼 있었다. 그때 나는 날마다 우체통에 편지를 넣으면서 기도했다. 내 편지가 그에게 잘 도착되기를.

오전 열 시, 내가 기다리는 것은 우체부 아저씨의 자전거 소리였다. 제비가 물어다 주는 씨앗처럼 우체부 아저씨가 전해 주는 편지를 받는 것이 내 일상의 낙이었다. 편지 속에 빠지지 않았던 두 가지 문구 '사랑한다, 그리고 보고 싶다.' 나는 이 말에 오래도록 중독되어 있었다. 무언의 기다림, 상대방의 심리, 모든 것을 파악할 수 있는 계기가 되었다. 사랑하는 사람과 떨어져 있는 시간은 서로를 알아 가는 데 중요한 역할을 한다.

우리는 작천정에서 만났다. 벚꽃이 만발하던 봄에 친구와 꽃구경을 갔다. 수줍던 시절 얼굴을 바로 쳐다볼 수도 없었고, 같이 밥을 먹어도 오물오물하는 입모양을 보여 줄 수 없었다. 인연은 그때부터 운명처럼 다가왔고 지금까지 같이하고 있다. 그때는 요즘처럼 통신 연락이 발전되지 않았다. 편지로 안부를 묻고 사랑을 확인할 수 있는 유일한 끈이었다. 어쩌다 목소리가 듣고 싶어 전화 통화하려면 옆집에 뛰어가서 갈증을 해소했다. 남의 전화이기 때문에 사랑에 속삭임은 엄두도 내지 못했다. 잘 있는지 안부 통화뿐이었다.

그래서 주고받는 편지는 꽤 두꺼웠다. 구구절절이 무슨 할 말이 그렇게 많았던지 날마다 편지를 써도 두께는 변하지 않았다. 한 번씩 보내는 편지 분량은 일곱 장에서 열 장으로 봉투의 두께가 두툼했다. 그 편지로 책을 만들어도 얼마든지 만들고도 남았을 것이다. 그때 부모님이 하시는 말씀, 전화하는 경비, 편지하는 경비만 모아도 집을 사고도 남겠다고 농담을 하셨다.

결혼하고 아들딸이 클 때까지 조그만 상자에 두 사람의 연애편지를 보관했다. 남편 편지가 삼분의 이를 차지한 상자가 늘 마음에 쓰였던지 볼 때마다 불에 태우라고 했다. 그래도 나는 우리 보물 제1호라며 소중히 간직했다. 이사 갈 때마다 보물단지처럼 안고 이사를 다녔다. 아들딸이 도대체 저 상자에 무엇이 들어 있어서 저렇게 애지중지하는지 몹시 궁금했단다.

그런데 오 년 전 아파트에 이사 오면서 상자가 없어졌다. 그 상자를 아무리 찾아봐도 보이지 않았다. 남편에게 우리 편지 어떻게 했냐고 물었다. 대답이 없었다. 수상하다 싶어 계속 물어보았더니,

"이렇게 지금까지 같이 살면 되지, 그 편지가 뭐 필요하노."

억장이 무너졌다. 세월이 가면 갈수록 소중하게 간직하고 싶었던 보물이었다. 그렇지만 정말 없애 버리고 싶은 마음인 줄은 몰랐다. 남자와 여자는 생각하는 차이가 엄청나게 다르다는 것을 그때 느꼈다.

살아가면서 힘들 때, 아름다운 추억이 그리울 때 한 번씩 꺼내 읽으면서 재충전하는 계기가 되겠다는 생각을 했다. 그런데 남자들은 아무 생각이 없는 것 같다. 이사할 때 바빠서 남편 보고 챙기라 했더니 이렇게 큰일을 저지를 줄 몰랐다. 시집에 짐 갖다 놓으면서 다 태웠다고 고백했다. 얼마나 섭섭한지 말로 표현할 수가 없었다. 나이 들어 읽어 보니까 자식들이 보면 어쩌나 하는 유치한 생각이 들었던 모양이다. 어차피 사랑은 유치한데 아내를 실망시키면서 불태워야 했는지 알 수 없는 남자의 속마음이다.

편지는 자기 것도 있으니까 마음대로 태워도 된다. 아무리 부부지만 남의 일기장까지 다 태웠다고 한다. 할 말을 잃었다. 아가씨 때부터 살아온 나만의 역사가 담겨 있는 일기장을 주인 허락도 없이 같이 태워 버렸다. 아이들 키우면서 성장하는 모습, 엄마 아버지 돌아가신 기일, 나만의 역사 중에도 중요한 것만 적혀 있던 일기장이다. 그때는 도저히 용서할 수가 없었다. 그렇지만 세월이 약이라는 말이 실감난다. 계속 마음에 안고 있으면 병만 생길 것 같아서 다 잊고 지금에 와서 이렇게 주저리주저리 토해 내고 있다.

오늘 화이트데이 이메일 받고 보니 불에 태워 없어진 편지가 생각난다. 삼십 년 전 우체통과 우체부 아저씨가 컴퓨터가 되어 다시 돌아오는 느낌이다. 얼굴 마주 보며 할 수 없던 사랑한다, 보고 싶다 절대 못하는 경상도 남자가 이메일로 고백할 수 있는 공간이 있어서 정말 좋다. 네모난 상자 속의 추억은 가 버렸지만 네모의 컴퓨터 속에 중년의 사랑을 차곡차곡 채우고 싶다.

편지의 두께나 정도는 뜸하지만 그 애절한 마음은 더 깊은 것 같다. 나이를 먹는 것은 피할 수 없지만 똑같은 나이라 하더라도 어떻게 나이를 먹는지 미리 꿈을 정하는 일은 가능하다. 항상 긍정적이고 열정적으로 늙어 가야겠다는 생각을 하면서 중년의 사랑에 다시 불을 붙이고자 하거든 이메일을 이용하라고 적극 추천하고 싶다.

평생 배움의 자세로 살아간다면 컴퓨터의 사랑 고백도 충분하다. 젊은이들의 사랑을 뛰어넘어 화이트데이의 달콤한 중년의 이메일 사랑으로…….

心

심 [마음]

작품명_〈봄봄〉

마/음/

정안수

지혜가 대대로 이어 오는 끈으로 여겨진다. 예쁜 아기를 키울 수
있는 슬기로운 지혜가 언제까지나 전해지기를 바라본다.

정안수

며느리의 몰골이 말이 아니다. 머리는 며칠 감지 않았는지 기름기가 자르르 흐르고, 슬리퍼를 질질 끌고 짧은 바지에 허름한 티 차림으로 손녀를 안고 집으로 들어선다. 나는 얼른 손녀를 받아 안고 무슨 영문인지 놀란 눈으로 물었다. 아무것도 모르는 손녀는 방긋방긋 눈웃음을 치며 내 가슴속으로 파고든다. 그 사이 며느리는 말할 기운조차 잃어버린 채 바닥으로 꼬꾸라져 버린다. 아들이 옆에서 대신 입을 연다. 손녀가 계속 밤에 잠을 자지 않으니까 며느리꼴이 말이 아니란다. 며느리는 어느새 잠 속으로 빠져든다.

손녀가 밤낮을 모르는 모양이다. 밤에는 우유 한 통 먹고 잘 자야하는데, 말똥말똥한 눈으로 잠은 외출 보내 버렸다. 밤새 자지 않고 옹알이를 하며 같이 놀아 주기를 바란다. 낮에는 밤처럼 깊게 잔다며 하소연을 한다. 주위가 아무리 시끄러워도 쿨쿨 자고, 낮에는 깨워도 일어나지 않는다. 밤에는 억지로 재우고 돌아서면 깜짝깜짝 놀라 울어대는 통에 며느리가 너무 힘이 들었던 것이다. 밤에는 안아 줘도 누가 꼬집는 것처럼 악을 쓰며 울어댄다. 나는 백일이 지나면 괜찮다는 어른들의 말이 생각난다.

손녀는 백일이 지났는데도 괜찮을 기미가 보이지 않았다. 그냥 우는 것이 아니다. 얼굴을 붉히면서 악을 쓰고 울어댄다. 손녀는 손녀대로 며느리는 며느리대로 힘이 부친다. 내가 보기에도 너무 딱하다. 나는 잠을 자지 않고 손녀를 안아 주며 교대를 해 주었다. 며느리는 한창 잠이 많이 올 나이다. 손녀를 안고 꾸벅꾸벅 졸고 있는 모습이 애처롭다. 꼭 옛날 내 모습을 보는 것 같다.

첫딸을 낳았을 때다. 밤낮이 바뀌어 손녀처럼 밤이 새도록 울고, 낮에는 잤다. 밤에 자는 시간은 많이 자야 한 시간이다. 젖 먹이고 기저귀 갈아 주면 조금 놀다가 또 한 시간은 잔다. 계속 반복되는 밤이었다. 남자들은 아기가 울지 않아야 잘 본다. 우는 아기는 누구나 보기가 너무 힘이 든다. 이십대에 한창 잠이 많이 올 때다. 나는 잠꾸러기라는 별명을 가질 정도로 잠이 많았다. 딸 키울 때는 저녁에 자서 아침에 일어나 보는 것이 소원이었다. 아기 젖먹일 때는 왜 그렇게 잠이 솔솔 쏟아지던지. 지금은 그 소원을 마음껏 누리고 있다.

어느 날 밤이었다. 남편은 낮에 일을 하고 왔다. 조금 눈을 붙이고 새벽에 훈련을 나가야 했다. 남편은 피곤한지 눕자마자 골아 떨어졌다. 그때다. 딸이 악을 쓰며 울기 시작했다. 남편은 자다 말고 펄떡 일어나 우는 딸을 달랬다. 하지만 딸의 울음은 그칠 기세를 보이지 않았다. 달래도 계속 악을 쓰며 울어댔다. 화가 난 남편은 딸을 이불위에다 훌쩍 던져 버렸다. 딸은 앙살을 지기면서 울기 시작한다. 우는 딸을 두고 남편은 휑하니 나가 버렸다. 나는 딸을 안고 같이 울었다.

그렇게 울던 첫딸, 백일 상을 근사하게 차려서 삼신할머니에게 빌었다. 시어머님이랑 친정어머니가 시키는 대로 했다. 그때는 내가 너무 어려서 어른들이 하라는 대로 했다. 쑥스럽긴 했지만 딸이 너무 우니까 지푸라기라도 잡는다는 심정으로 빌었다. 그렇게 빌고 백일이 지나고 밤과 낮이 바뀌었다. 그때부터 딸은 잠도 잘 자고, 잘 먹으면서 무럭무럭 잘 자랐다. 백일까지는 꼬챙이 같이 말랐던 내 모습이었다. 나는 그때 생각이 나서 며느리에게 물어보았다.

"백일 때 삼신할머니에게 빌었나?"

"아니요!"

이튿날 며느리와 손녀에게 목욕을 시키고 정성스럽게 삼신할머니에게 빌었다. 깨끗한 마음으로 작은 상 위에 정안수 한 그릇을 떠 놓고 하루 종일 그대로 두었다. 소리 내어 빌기에는 세대차이가 나는 것 같아서 나는 속으로 중얼거렸다. 두 손을 합장하고,

"아무것도 모르는 어린것들 용서해 주이소, 용서해 주이소, 삼신할머니요?"

그러고 난 뒤 밤 12시에 혼자 절을 세 번하고 간절히 빌었다. 진정한 마음으로 간절히 빌면 이루진다고 하더니 감쪽같았다. 빌고

그다음 날 밤부터는 언제 그랬냐는 듯, 손녀는 한번 깨고 계속 잠을 잘 잤다. '미신이 없다고 할 수 없다.' 며느리는 살 것 같다며 춤을 덩실덩실 출 기세였다.

"어머님, 고맙습니다. 우리 어머님 대박! 대박!"

딸과 손녀가 커서 신생아 시절을 말해 주면 기뻐할까. 엄마가 힘들었다고 하면 그 마음을 알기나 할까. 자식 하나 키우는 데 얼마나 많은 정성이 필요한지 본인들이 자식을 낳아 길러 봐야 알 것이다. 혼자 저절로 자란 줄 알지나 않을까. 손녀를 보면서 내가 첫딸을 키우던 그때 생각이 났다. 그래서 잠도 자지 못하고 손녀를 안고 마음속으로 빌었다.

삼신할머니가 있는지, 그날 이후로 손녀가 낮에는 방긋방긋 웃으며 놀고, 밤에는 자다가 우유 한 번 먹고 나면 그냥 아침까지 잤다. 신기한 일이 아닐 수 없다. 딸을 키울 때도 느꼈다. 두 번이나 경험을 하고 나니 정말 믿고 싶다. 삼신할머니가 애기들을 돌봐 주는 것이 맞는 모양이다. 눈에 보이지는 않지만, 하늘에서 보고 지켜 주는 마음속의 존재로 생각하며 살아가도 괜찮을 것이다.

신통한 일을 두 번 겪고 나니 조상들의 지혜가 대대로 이어 오는 끈으로 여겨진다. 예쁜 아기를 키울 수 있는 슬기로운 지혜가 언제까지나 전해지기를 바란다. 지금은 쑥스러워 하는 며느리지만, 다음 세대에 똑같은 일이 있을 수 있는 긴 강을 굽이치는 역할이 되리라 생각이 든다.

화려한 외출

딸과 나는 두 팔로 하트 모양을 만들었다. 환희에
찬 얼굴로 안고 뒹굴며 눈가에 어느새 촉촉한 이슬이 맺혔다.
"내 딸로 태어나 주어서 고마워, 지은아."

화려한
외출

　같은 하늘 아래 살지만 딸의 얼굴을 자주 볼 수가 없다. 딸이 다
니는 직장은 일이 많은지 좀처럼 시간을 낼 수가 없다. 일 년에 두
번, 명절에만 집에 온다. 외국에 사는 것도 아닌데 딸의 얼굴 보기
가 하늘에 별 따기다. 엄마인 내가 먼저 보고 싶다고 톡으로 투정을
부려야 겨우 몇 마디 하는 딸이다.

　일이 바쁘고, 일이 있어서 고맙다는 생각을 하면서도 딸을 내려
놓지 못하는 자신을 나무라 본다. 부모 자식 간에는 나이가 들어도
자식 걱정을 달고 산다. 엄마의 마음을 헤아리는지, 딸은 몇 달 전
부터 올 추석에는 꼭 집에 내려간다고 약속을 한다. 이번 추석은 휴
일이 일찍부터 시작되어 딸도 미리 내려왔다.

　시골에서 제사를 지내고, 산소에도 다녀왔다. 추석날은 어머님
곁에서 하루를 보냈다. 추석 이튿날이다. 딸과 나는 외출 준비를
하고 동해안 별신굿 나들이를 갔다. 가을이지만 날씨가 여름 같았

다. 창문을 열고 딸과 대화를 하며 오다 보니 언제 와 버렸는지 어느새 목적지에 도착했다. 너무 일찍 온지라 사람들이 보이지 않았다. 차 안에서 모녀의 정을 싹틔우는 사이 어디서 풍물 소리가 들렸다.

동해안 별신굿은 5년에 한 번씩 한다는 소리에 꼭 한번 보고 싶었다. 바다가 훤히 보이는 곳에 마을 제당이 있었다. 주위를 정리하고 오전에는 부정 굿부터 가방 굿까지 진행하고 점심을 먹었다. 우리도 오전 내내 굿하는 모습을 폰에 담고 글로도 남기며 새로운 것을 즐겼다. 마을 사람들이 차려 준 점심을 딸과 맛있게 먹었다. 오후에는 세존 굿부터 시작하는 동시에 바닷가의 모래사장을 거닐고 싶다는 생각이 들었다.

해변의 평상은 우리를 기다렸다는 듯이 자리를 내주었다. 시원한 바닷바람에 굿당의 굿 소리가 자장가처럼 들려왔다. 딸은 점심에 먹은 맥주 한 잔에 취기가 오르는지 어느새 새근새근거린다. 모래사장에는 피서 철에 수박씨를 먹고 버린 것이 파릇파릇하게 질긴 생명력을 보인다. 자그마한 잎이 모래사장에서 삶의 터를 잡으려는 모습이 대견스럽다. 평상에서 음악으로 듣던 굿 장단이 멈추어 갈 때, 딸은 수평선 저 멀리서 붉은 하늘의 형상을 폰으로 담느라 정신이 없다.

저녁이 되어 딸과 나는 찜질방에 가기로 했다. 가는 길에 간절곶의 유명한 우체통 뒤에서 잘생긴 보름달이 올라오고 있었다. 보름달과 아쉬움을 뒤로하고 우리는 찜질방으로 향했다. 한참 달리다 보니 산속에 큰 건물이 보였다. 산속에 있는 찜질방인데 엄청 크고 넓었다. 딸과 나는 찜질방에 들어가서 간단하게 샤워를 하고 황토색 찜질 옷을 한 벌씩 입고 나왔다. 찜질방 여기저기를 살펴보았다. 숯가마라서 그런지 평상을 군데군데 두었다. 숯가마에 들어가서 땀을 흘리고 나와 평상에 누워 몸을 식히라고 있는 모양이다. 옆으로 돌아가니 삼겹살 구워 먹는 곳이 따로 만들어져 있었다.

마침 배 속에서 쪼르륵 소리가 나던 차에 고기 굽는 냄새가 진동을 했다. 딸과 나는 삼겹살을 허겁지겁 구워 먹었다. 숯불에 기름을 뺀 고기라서 그런지 두 사람이 먹다 한 사람이 없어져도 모를 정도로 맛있었다. 딸과 맥주잔을 부딪치는 분위기는 말을 안 해도 황홀했다. 상추쌈을 싸서 서로 입에 넣어 주는 모녀지간의 외출은 행복 그 자체였다. 빨갛게 상기된 서로의 얼굴을 쳐다보며 웃음보가 터졌다. 그 기분에 딸과 나는 황토색 옷을 입고 밖으로 일탈을 했다.

해가 제일 먼저 뜬다는 간절곶으로 갔다. 만월의 달빛 아래 '메이퀸의 촬영지' 앞이다. 달밤의 바다가 딸과 나를 희미한 등대로 데려다 놓았다. 찜질방에서 일탈한 것이 이렇게 행복하고 짜릿한 기분일까. 조금 걸어가 보니 등대는 프러포즈 등대였다. 나는 딸에게 사랑을 고백을 했다.

"지은아, 사랑한데이!"

"엄마, 나도 사랑해요!"

딸은 등대 위에 서고, 나는 밑에서 딸에게 소리쳤다. 내 소리가 떨어지자마자 딸의 목소리도 메아리가 되어 울려 퍼졌다. 딸과 나는 두 팔로 하트 모양을 만들었다. 환희에 찬 얼굴로 안고 뒹굴며 눈가에 어느새 촉촉한 이슬이 맺혔다.

"내 딸로 태어나 주어서 고마워, 지은아."

연인 사이처럼 팔짱을 끼고 나오려는데 어디선가 큰소리로 팡파르가 울렸다. 깜짝 놀라 뒤를 돌아보니 프러포즈 등대에서 반짝반짝 하트 불빛과 동시에 음악이 흘러나왔다. 우리는 만세를 부르며 함성을 질렀다. 큰 소리가 밤하늘까지 전달되었는지, 만월이 된 달도 함께 축하해 주는 듯 우리를 보고 웃고 있다. 달빛이 갑자기 더 밝아지는 느낌이 들었다. 온 삼라만상이 딸과 나의 외출을 축복이라도 해 주는 것 같았다.

딸과 나는 그 기분을 가라앉히고 간절곶의 포장마차 찻집에 황토색 옷을 입고 나란히 들어섰다. 사람들이 쳐다보며 웃고 있었다. 신경이 쓰이지 않았다. 일탈의 아메리카노는 시간을 잡아먹는 커피였다. 안에는 원숭이 한 마리가 우리를 기다렸는지 몹시 바쁘게 뛰어다녔다. 구경거리가 있어서 찜질방의 귀가 시간은 자꾸만 멀어져 갔다. 그렇지만 시간을 찻집에 묻어두고 일탈의 시간을 접었다.

찜질방에 들어와서 찜질을 몇 번 하고 방으로 들어와 딸과 꼭 안고 잤다. 찜질방에서 자는 잠은 처음이라 자다가 몇 번이나 일어났다. 그날따라 사람이 많았다. 몸부림치다가 낯선 남자가 옆에 있어서 깜짝 놀랐다. 깨어 보니 여기는 찜질방이다. 생각하고 또 잠을 청했다. 그러다 보니 늦잠을 잤다. 아침에 일어나 한 번 더 찜질을 하고 나왔다.

딸은 서생포 왜성을 보고 싶어 했다. 알찬 모녀지간의 외출이었다. 30분 정도 오르니 비스듬히 쌓은 돌담의 왜성이 보였다. 기가 찼다. 한 군데 튀어나오지 않는 매끄러운 왜성을 보고 딸과 나는 감탄을 했다. 들어가는 입구도 바로 들어 갈수가 없도록 되어 있다. 리을자 식으로 되어 있었다. 교모하게 만들어져 있는 왜성을 보고 치밀하다는 생각이 들었다. 성을 타고 올라오는 왜적을 물리칠 때 총알로 사용한 것이 몽돌이라는 것도 왜성에 가서 알았다. 몽돌이 흙바닥에 묻혀 있었다. 총알 몽돌을 캐내어 만져 보기도 했다. 딸과 나는 왜성에 대해 공부를 많이 하고 바닷가를 내려오니 허기가 졌다.

바닷가의 호젓한 횟집의 물회 맛은 일품이었다. 움푹 들어간 꼭 호수 같은 바다에 횟집이 하나가 있었다. 아주 보기 드문 곳에 위치하고 있었다. 음식 맛도 좋으니 손님이 많이 올 것 같았다. 맛있는 별미의 점심을 먹고 우리는 집으로 향했다.

오랜만에 딸과 함께 행복한 시간을 보냈다. 딸과 외출을 해 본 일이 까마득하다. 예전에는 친구처럼 백화점도 같이 다니고, 남자 친구 이야기도 스스럼없이 나누며 살았다. 요즘은 딸이 바빠서 시간을 내지 못한다. 딸과 화려한 외출을 하고 나니 몇 년 쌓였던 스트

레스가 한꺼번에 싹 사라진 듯하다. 집에 오자마자 딸은 서울 갈 버
스를 예약한다. 나는 반찬을 만들어 딸의 준비를 도와준다. 터미널
에서 꼭 안고 다음 만날 날을 기약한다.

향기 제사

부모님이 아카시아 향기가 되어 길을 인도했다.
우리 형제들은 헤어지기 싫어 저녁까지 먹었다. 아쉬워하며 손을
흔들고 또 흔들었다. 서로 반대 방향으로 점점 사라져
가는 차 꽁무니를 보며 공원묘지의 석양도 함께 저물어 간다.

향기 제사

차창 밖을 본다. 생금가루처럼 반짝거리는 햇빛이 눈을 부시게 한다. 아카시아 꽃향기가 콧속을 간질이며 행복을 가불하라고 아우성이다. 향기에 취해 바라본 풍경은 몽실몽실한 아기 궁둥이를 닮았다. 그 사이로 하얀 아카시아가 흐드러졌다. 공원묘지 입구에서부터 오월의 잔치를 벌이며 환영을 한다. 묘지라는 이름이 무색할 정도로 이렇게 아름다운 곳에 부모님이 누워 계신다.

예전에는 서울 오빠 집에서 제사를 지냈다. 비행기로 가면 삯이 만만치 않았고, 버스로 가면 시간이 많이 걸렸다. 거리가 멀어서 불편한 점도 있었지만 이틀을 비워야 하니 사업을 하는 남편에게 미안했다. 그러던 중에 큰오빠 집에 사정이 생겼다. 그 사연이야 일일이 말할 수 없지만, 처녀가 애를 낳아도 할 말은 있다고 했으니 깊이 알고 싶지도 않다.

그다음부터는 산소에서 제사를 지내기로 했다. 우리 형제끼리 회의를 거쳐 결정한 일이다. 산소가 경주에 있기 때문에 서울에 있는 오빠 동생들은 고향으로 내려오게 되었다. 이날은 중요한 일이 있어도 꼭 시간을 비워 두어야 한다. 두 분이 봄에 함께 돌아가셨기에 중간 날을 잡아 하루만 시간을 내면 된다. 친정집 식구들은 여간해서 모이기 힘들었다. 이제는 일 년에 한 번은 다 볼 수 있게 되었다. 날짜는 거의 일요일로 잡는다. 우리 형제들은 전날 부모님이 누워 계신 경주 인근에 모여 밥을 먹고 노래도 부르며 정을 나눈다.

아침 일찍 공원묘지로 출발을 한다. 정성스레 준비한 음식을 차에 실었다. 완벽하게 준비했지만 가다 보면 꼭 빠뜨린 것이 있다. 올해는 막걸리다. 부모님이 살아 계실 때 제일 좋아하시던 막걸리라서 차를 매점 앞에 세웠다. 꽃도 샀다. 해마다 만나는 인정 많은 매점 아저씨는 '커피 한잔하고 가이소.' 하는 말을 안주처럼 들려준다.

관리가 잘된 산소 앞에 상을 차린다. 조금씩 자란 풀들을 손으로 뽑으면서 아버지 산소를 한 바퀴 돌아본다. 올 때마다 왠지 모르게 눈가에 이슬이 맺힌다. 준비해 온 음식으로 상을 차리고 순서대로 다 같이 절을 한다. 늦게 낳은 막냇동생이 결혼해서 손자가 커 간다고 속말을 했다. 그 자리에서 음식을 나누어 먹고 아버지에게도 술을 권하면서 묘지에 세 번 나누어 부었다. 내가 큰 소리로 인사를 하면 조카들은 크게 웃는다.

"아버지, 큰딸 왔심데이. 그동안 잘 있었능교?"

엄마 산소는 아버지 산소 맞은편에 있다. 엄마가 먼저 돌아가셨는데 그때만 해도 형편이 좋지 않아 옆에 터를 사 두지 못했다. 그래서 아버지와 바라볼 수밖에 없다. 엄마 산소에서도 똑같이 제사를 지내고 자리가 좀 넓은 관계로 돗자리를 펴고 빙 둘러앉는다. 아버지 산소를 바라보며 오래도록 이야기를 나눈다. 짧은 생을 마감한 엄마가 그리워서 한마디 했다.

"엄마, 아버지와 늘 바라보면서 연애하는 기분으로 왔다 갔다 재미있게 지내소!"

손자 손녀들을 산소 앞에 일렬로 세웠다. 부모님의 결실이다. 아이마다 특색이 있고 나름대로 제주도 있다. 칠남매에서 벌어져 나온 자손들이 묘지 앞에 가득하다. 이 모든 즐거움을 만들어 준 부모님은 돌아가셨지만 하늘에서 내려다보시고 흐뭇하게 미소 짓는 모습이 느껴진다.

집에서 제사를 지내면 여자들은 음식을 차려 주고 뒤에서 지켜보기만 한다. 그런데 산소에서 지내니 모두 참여하게 된다. 나도 자식이라는 자부심이 든다. 키득키득 웃으며 따라 절하는 어린 손자부터 몇 대가 서서 절을 하는 모습을 본다. 하늘과 땅이 따로인 듯하지만 서로 내통하고 있는 것 같다. 각기 다른 몸을 가졌지만 그속에 흐르는 피는 같은 모양이다.

나는 속으로 자연친화적 제사라고 이름 지었다. 파란 하늘이 내려다보고 주위가 확 트인 자연과 함께 제사를 지낼 수 있어 더 밝은 기분이다. 나의 등에 박살나는 햇빛이 좋았고 머리카락을 만져 주는 바람이 좋았다. 먼 거리를 왔다 갔다 하며 오빠 집에서 두 번 지내는 것보다 산소에 와서 지내니까 더 좋다고 말하면 돌아가신 부모님은 섭섭하실까.

시대가 변하면서 제사 지내는 풍습도 집집마다 변해 간다. 일 년에 한 번으로 모아서 지내는 집도 있고, 고조·증조·할아버지 별로 모아서 지내는 집도 더러 있다. 제사 지내는 시간도 제각각이다. 초저녁에 일찍 지내는 집도 있고, 한밤중에 지내는 집도 있다. 옛날 같으면 이런 풍습은 상상할 수도 없지만 시대에 따라 조금씩 변해 가는 모습을 볼 수 있다.

예전에 우리도 산소에 가서 하루에 모든 제사를 지낼 것이라고 상상도 못했다. 그런데 지금 아무렇지도 않게 소풍 나온 기분으로 부모님 제사를 지내고 있지 않은가. 살아가면서 가정마다 무슨 일이 생길지 아무도 예측할 수 없다. 앞으로 우리 세대가 지나가면 또 어떻게 변할지 모른다. 부모님이 살아 있을 때 한 번 더 찾아뵙고 효도하는 것이 바람직한 일이라는 것을 뒤늦게 깨달았다.

내려오는 길은 부모님이 아카시아 향기가 되어 길을 인도했다. 우리 형제들은 헤어지기 싫어 저녁까지 먹었다. 아쉬워하며 손을 흔들고 또 흔들었다. 서로 반대 방향으로 점점 사라져 가는 차 꽁무니를 보며 공원묘지의 석양도 함께 저물어 간다.

봄봄

바쁘게 살아가다 보면 언제 봄이 왔는지 모르고 지나칠
때가 많았다. 해마다 스스로 치유하면서 봄을 조금씩 알았는데
올해는 좀 더 놀라게 봄을 알렸다.

봄
봄

  따사로운 햇살이 방 안으로 들어와 나란히 눕는다. 햇살의 봄내음으로 코끝을 자극한다. 겨울 내내 웅크리고 있던 내 마음을 간질이며 뒷산으로 유인한다. 나는 옷을 주섬주섬 입고 모자와 얼굴 가리개도 같이 챙기며 길을 나선다. 뒷산 가는 길은 혁신도시공사로 엉망이 되어 길이 하나도 없다. 공사장을 더듬어 발자국이 조금 나 있는 곳으로 길을 개척하며 뒷산에 도착했다. 어느새 뒷산에는 봄이 와 있다. 오솔길을 지나 밭둑이 나왔다. 발걸음이 나도 모르게 멈춰 서 있다. 발아래는 냉이와 쑥이 햇살 사이로 눈이 부신다.

  봄의 여린 것들을 보며 시간 가는 줄 몰랐다. 어느새, 해가 하늘 중앙에 자리를 잡았다. 겨울 내내 땅속에서 답답하게 살다가 살며시 얼굴을 내미는 새싹들을 축하연이라도 열어 주고 싶은 마음이다. 뻗어 있던 가지에는 겨울의 추위와 고통을 이겨 내고 물이 올라 싱싱함을 더해 준다. 고개를 들어 언덕을 보았다. 노란 꽃을 안고 산수유나무가 보이고, 그 아래에는 개나리꽃이 형제인 양 서로 쳐다보며 속삭이는 모습이다. 아직 잔설이 남아 있는 모퉁이에 비매가 꽃망울을 터트리는 진분홍의 겹꽃이 신비스럽다. 자연적인 계절의 봄을 보면서 내 마음의 봄을 생각하게 한다.

나는 봄마다 생 몸살을 앓는다. 약속이나 한 듯 몸이 반응을 한다. 왜 하필 봄만 되면 아픈지 알 수가 없다. 콧물이 나고 온 만신이 쑤시고 어디 한 곳 성한 데가 없다. 머리도 어지럽고 아프다. 봄을 알리는 감기몸살이라 대수롭지 않게 생각했다. 매년 수월하게 넘어가서 지난해도 여느 해와 같이 감기몸살을 무시하고 계속 바쁘게 생활했다. 감기를 이겨야 된다는 마음이 앞섰기 때문이다.

나는 아파도 여간해서 누워 있는 성격이 되지 못한다. 감기를 생각할 겨를도 없이 이런저런 일로 일상이 바쁘기만 하다. 진피, 배, 생강, 파뿌리를 끓여 꿀에 타서 마시며 운동도 평소보다 더 심하게 했다. 어지간하면 감기가 주인이 지독하다는 듯 도망쳐 버린다. 올해는 감기가 나를 제압하려고 버티고 있는 모양이다. 병원에 가지 않고 스스로 감기를 이기려고 다짐했던 마음이 서서히 약해져 간다. 열이 펄펄 나고 밤새 잠도 못 자고 기침으로 밤을 새우고서야 감기에게 손을 들고 말았다.

이튿날 집 앞에 있는 병원에 갔다. 병원에 들어서니 많은 환자들이 기다리고 있었다. 진료를 기다리는 동안에도 힘이 들어 의자에 쪼그리고 누웠다. 한참을 누워 있자 간호사가 나를 부른다. 일어서

서 가 보니 침대 한 칸을 비워 놓고 누우라고 한다. 조금 누워 있으니 의사가 이름을 불렀다. 열은 38.5도라 하고, 기침을 많이 해서 목은 부어 있다고 했다. 그 와중에 당뇨 검사도 하자는 것이다.

"따끔합니다."

간호사가 손끝에 피를 뽑았다. 의사가 그 자리에서 검사를 해 보고 190이라며 당뇨 수치가 높다고 했다. 내일 한 번 더 해 보잔다. 주사 맞고 약의 처방전을 받고 링거를 맞는다. 그때부터 나는 감기에는 신경 쓰이지 않았다. 당뇨에 초점이 가 있었다. 내가 알고 있는 상식으로는 당뇨는 평생 조심해야 하는 성인병이다. 그런데 의사는 대수롭지 않게 내일 한 번 더 해 보자고 한다. 내일 또 검사해서 진짜 당뇨면 어쩌나 링거 맞는 동안 온통 당뇨에 신경이 다 쏠렸다. 식이요법을 해야겠다는 생각, 운동을 해야겠다는 생각, 나쁜 습관을 고쳐야 되겠다는 생각, 하루 사이에 온갖 생각이 교차했다.

현미와 잡곡밥을 먹어야겠다고 마음을 먹었다. 없는 시간을 만들어서 운동도 열심히 해야겠다고 생각했다. 모임에 가도 술에 사이다를 타서 먹지 않겠다고 다짐도 하고, 앞으로는 커피를 먹어도 설탕을 넣지 않고 마셔야겠다는 생각, 지금까지의 나쁜 생활습관을 고치고 새로운 나만의 습관을 혼자서 만들었다. 인터넷을 뒤지며 당뇨에 대한 정보를 다 찾아보고 난리 법석이다. 이 모든 것이 지금까지 건강하게 살아왔다는 증거인 것이다.

병원을 다녀온 그날 밤, 나는 형체도 없는 집을 수도 없이 지었다 부수었다. 딸에게도 알리고 무슨 큰 병이 난 것처럼 호들갑을 떨었다. 당뇨를 잘 안다는 사람에게도 전화해서 물어도 봤다. 당뇨에 대한 필요한 부분을 정성스럽게 말해 주었다. 당뇨는 유전이라고 했다. 그런데 누가 당뇨를 앓은 사람이 있냐고 물어 왔다. 아무리 생각해도 우리 가족은 당뇨 있다는 말은 들어 본 적이 없다. 건강에는 자신 있다며 큰소리치던 나도 별수 없구나 하며 자신을 돌아보게 되었다.

이튿날 병원을 갔다. 어제 했던 그대로 간호사가 피를 뽑았다. 검사를 하고 의사의 말이 '오늘은 정상입니다.' 한마디 하고 싶었지만 정상이라는 말에 안도에 숨을 쉬었다. 그때부터 병원에서 감기가 더 심해졌다며 독감 엑스레이를 찍어 보자고 했다. 독감 검사를 처음 했는데 코를 쑤셔서 검사를 했다. 독감도 아니다 하는 의사 말에 그날 하루는 날아갈듯 내 마음속에는 덩실덩실 춤을 추었다.

어찌 되었건 일찍 알아서 예방을 할 수 있게 되어서 다행이다. 생활습관을 바꿀 수 있게 마련해 준 당뇨는 내 몸의 봄을 불러 주는 계기가 되었다. 무슨 병이든 초기에 알게 되면 조심하게 되고 완치도 빠르다. 태풍이 지나간 내 마음은 잔잔해진 듯, 건강을 위해 무언가 해야 한다는 파문이 일기 시작했다. 무엇이 좋을까 골똘한 생각에 빠졌다.

매일 오전에는 나를 위해 시간을 비운다. 옛날에 배웠던 배드민턴을 다시 시작했다. 무리하지 않게 두 게임 정도 하고 나면 온몸에 노폐물이 땀으로 발산된다. 땀을 흘리고 나면 날아갈 듯 기분이 좋다. 산을 걸어 내려오면서 운동도 하고 맑은 공기를 마시며 날마다 규칙적인 생활을 해야겠다. 저녁에는 학교 운동장도 걸어야겠다. 소식하며 현미와 잡곡밥을 먹고 한 달 후에 다시 검사를 해 볼 작정이다.

봄마다 찾아오는 감기, 올해는 더 심했던 감기 덕분에 내 몸의 겨울을 알게 되었다. 몸의 겨울을 알게 만들어 준 감기가 오히려 고맙게 느껴지는 것은 어인 역설인지 모르겠다. 당뇨 수치가 안 높았더라면 잘못된 생활습관을 그대로 유지했을 것이다. 당뇨의 수치가 정상보다 높았기 때문에 내 몸의 노란 신호를 볼 수 있었다. 노란 신호가 노란 개나리의 봄을 맞이할 수 있게 해 주었다. 한 달 후에는 따뜻하고 완연한 봄이 기다릴 것이다.

사람이 아프지 않다고 해서, 다 건강한 것은 아니다. 일 년에 한 번이라도 아프게 되면 면역력도 강해지고 새로운 몸으로 튼튼하게 탈바꿈한다. 병원에 갈 계기가 되어서 점검할 수도 있다. 항상 겨울이 지나고 봄에는 그냥 지나가지 못하는 내 몸이 궁금했다. 내 몸을 점검하라는 메시지로도 들린다. 새롭게 시작하는 봄처럼 다시 시작하는 의미인 것 같다. 내 육체도 자연에 길들여져 봄이 되면 모든 찌꺼기를 버리고 싶은 모양이다. 다시 계절의 봄, 마음의 봄으로 이어질 것이다.

길가에 시클라멘 꽃만 봐도 내 몸은 봄을 알아차린다. 바쁘게 살아가다 보면 언제 봄이 왔는지 모르고 지나칠 때가 많았다. 해마다 스스로 치유하면서 봄을 조금씩 알았는데 올해는 좀 더 놀랍게 봄을 알렸다. 내 몸의 봄을 알고 큰 눈으로 봄을 보니까 계절의 봄이 온몸으로 크게 와 닿는다. 매화와 목련이 언제 피었다 졌는지 새삼 봄을 느껴 본다. 내게 있어 '봄봄'은 계절의 봄에다 마음의 봄을 보탠 의미다. 누구나 자신의 '봄봄'을 만들 수 있다. 올 봄을 생각하며 나의 몸 구석구석 빛으로 점검해 본다.

뒷산에서 자연과 몸이 하나가 되어 걸어 내려온다. 계절의 봄과 마음의 봄이 친구가 되어⋯⋯.

옹골찬

외모 때문에 나는 더 많은 노력을 했는지 모른다. 그래서
사람들과 친해지려고 노력하면서 내실을 채워 나갔고 지금의
내 모습이 되었을 것이다.

옹골찬

공처럼 생긴 것이 나무에 주렁주렁 매달려 있다. 우리나라에서는 볼 수 없는 나무다. 껍데기는 거무튀튀하고 딱딱하다. 볼품없어 보이지만 이곳에서는 쓰임이 많은 열매다. 먹어 보나마나 맛도 없어 보인다. 대부분의 과일이 매끈한 피부를 가지고 고운 색을 가졌는데 야자는 그렇지가 못하다. 똑같은 조건에 햇살을 충분히 받았건만 어찌하여 다른 과일에 비해 저리 못났을까. 큰 기둥을 붙잡고 열매들이 옹기종기 달라붙어 있는 모습에서 문득 내 유년이 떠오른다.

나는 많은 형제 틈에 끼여 자랐다. 오빠와 동생은 나보다 모든 면에 나아 보였다. 그런 탓으로 나는 늘 소심했다. 사춘기에 들어서면서 '나는 왜 이렇게 못생겼을까' 고민도 많이 했다. 설상가상으로 여드름까지 나서 그 자국이 울퉁불퉁했다. 어디 그뿐인가. 피부색은 거무튀튀해서 지금 보고 있는 야자 같다는 생각을 하니 피식 웃음이 났다.

나도 예쁘고 싶었다. 한 부모 밑에서 유독 나만 예쁘지 않다는 생각이 자꾸만 들었다. 그래서 어머니에게 나는 왜 이렇게 '못난이'로 낳았냐고 했던 적이 많았다. 그럴 때마다 어머니가 내 귀에 못이 박히도록 해 준 말이 있다.

"야야, 못나도 무겁지 않은 복을 타고 나면 된데이."

어머니의 말이 씨앗이 되었다. 지금껏 예쁘다는 소리는 못 들어도 복 많다는 소리는 듣고 살아왔다.

야자나무를 보면서 옛날 내 모습을 떠올리고 있는데 일행이 불렀다. 야자열매를 파는 곳이 있었다. 즉석에서 야자열매를 따서 구멍을 내고 빨대를 꽂아 주었다. 마침 목이 마르던 차라 숨도 쉬지 않고 빨대를 빨았다. 물이 식도를 타고 내려가 속을 시원하게 하면서 순식간에 갈증을 없애 주었다. 정말 겉모습과는 다른 야자였다. 그때 친구가 말했다.

"야자가 꼭 너 같이 시원하구나."

야자도 뜨거운 태양 아래 자신을 위해 뿌리로 물을 정신없이 빨아 올렸을 것이다. 그래서 못난 껍데기를 가졌어도 속은 촉촉한 물로 채워 왔던 것이다. 내 성격 또한 예전에는 부끄러워 말도 제대로 못했다. 그런데 장사를 시작하면서 조금씩 변화되기 시작했다. 아니, 변화되어야 했다. 그래서 지금은 시원한 성격이라는 소리를 더 많이 듣는다. 요즘은 너무 씩씩해져서 오히려 '터프하다'라는 말을 들을 정도며, 친구도 남자 여자 가리지 않고 많다.

야자 물을 다 마시고 나니 열매를 반으로 잘라 주었다. 하얀 속살이 나왔다. 거칠거리고 딱딱한 껍데기 어디를 봐서 저렇게 부드러운 속살이 숨겨져 있었을까. 감탄이 절로 나와 입을 못 다물고 있는 나에게 판매원은 그 부분을 '코코팝'이라 부른다고 했다. 코코팝을 초고추장에 찍어서 먹어 보라며 내민다. 입 안에서 사르르 녹았다. 그 부드러운 맛에 홀린 듯 자꾸 먹었다. 그랬더니 판매원은 기름이라서 너무 많이 먹으면 설사가 나온다는 말과 함께 눈을 찡긋했다.

나는 가끔 상황 판단이 안 될 정도로 오지랖이 넓다는 소리를 들을 때가 있다. 인정에 이끌려 이러지도 저러지도 못해 밤이 새도록 친구들에게 붙들려 이야기를 들어 준 적도 있고 손님의 이야기를 들어 주느라 가게 문도 못 닫고 쩔쩔맨 적도 있다. 겉모습과는 다르게 나는 나 스스로 절제가 안 되는 마음 약한 부분이 있어서 스스로 마음의 설사를 앓을 때가 제법 많았으니 야자의 속이 남의 일이 아니었다.

내가 사이판 야자를 보면서 가장 신기하고 놀라웠던 것은 태어나서 처음 보는 브래지어 때문이다. 야자를 다 먹고 난 뒤 그 껍데기로 브래지어를 만들었다. 사이판의 특산물 '나무 브래지어'였다. 판매원의 설명이 포복절도하게 만들었다.

"일 년 내내 빨지 않아도 되요. 찌그러지지도 않아요. 두 봉우리는 항상 봉긋해요."

나는 미리 만들어 놓은 나무 브래지어를 입고 카메라 앞에서 온갖

포즈를 잡으며 웃었다. 그것이 끝이 아니었다. 브래지어를 만들고 남은 마지막 껍데기는 실로 뽑아 쓰기도 하고 말려서 땔감으로도 쓰기도 했다. 그러니 야자열매는 버릴 것이 하나도 없었다.

야자열매를 보면서 나를 다시 생각해 보는 계기가 되었다. 나는 살아오면서 내 외모를 불평했다. 그러나 그러한 외모 때문에 나는 더 많은 노력을 했는지 모른다. 그래서 사람들과 친해지려고 노력하면서 내실을 채워 나갔고 지금의 내 모습이 되었을 것이다. 그러나 나는 아직 많은 것이 부족하다. 그래서 야자의 마지막 껍데기로 만든 브래지어는 내 정서를 충분히 자극하고도 남음이 있었다.

나의 마지막 껍데기도 야자가 자신을 브래지어로 남기듯이 나도 무언가로 남기고 싶다는 생각이 든다. 보잘것없는 내 모습이지만 내가 이 세상을 떠나는 날 내 신체의 일부가 다른 사람을 살릴 수 있는 길이 된다면 좋겠다. 야자 껍데기도 땅에 묻어 버렸더라면 그냥 흙에 불과했겠지만, 야자 브래지어라는 기념품으로 다시 태어나 수많은 사람들에게 기쁨을 주고 있지 않은가.

야자의 옹골찬 삶을 들여다보면서 아직은 퍼석한 내 삶을 돌아보는 계기가 되었다.

감쪽같다

고구마가 어머님 머리에 새겨져 있다. 나는 시장 잘못 봤다고
한소리 들을까 봐 걱정을 했다.
그런데 어머님이 그 자리에서 해결해 주었다.

감
촉
같
다

　고구마 잎이 무성하다. 시집의 언덕 위에 고구마 줄기는 어머님의 친구다. 어려운 시대를 잊지 못하시는지 해마다 고구마를 심는다. 당신의 몸도 제대로 가누지 못한다. 두 다리는 제대로 걸을 수도 없다. 지팡이를 하나도 아닌 두 개에 의지해야 한다. 그런데도 매년 고구마에 대한 집착을 내려놓지 못한다. 어머님에게는 고구마가 양식이고 조상인 모양이다.

　나는 시집오는 그해부터 지금까지 제사에 고구마전을 빼놓은 적을 한 번도 보지 못했다. 어머님은 제사 음식을 시작하기도 전에 먼저 고구마를 뒤란에서 들고 나오신다. 어머님의 밝은 표정은 추석날 보름달만큼이나 환하다. 제사 음식을 하면서도 유난히 마음을 쓰는 음식이 고구마전이다. 어머님에게는 잊지 못할 사연이 있을 것이다.

　어머님은 고구마전을 손으로 찢어 입에 넣으시면서 말씀하신다.

고구마는 일제강점기의 유일한 양식이다. 먹을 것이 턱없이 부족할 때 고구마를 으깨서 하루 세 끼 밥으로 먹고 살았다. 고구마 밥을 해소하기 위해 시집왔는데, 시집와서도 고구마 밥을 면치 못했다고 줄줄 토해 내셨다. 한참을 듣고 나니 고구마가 어머니고, 어머니가 고구마라 해도 과언이 아니라는 생각이 들었다.

제사 음식을 다 하고 제상을 차렸다. 정성이 가득 뿌려 놓은 제상에 빠진 음식이 없나 살펴보았다. 밤이 없다. 이 일을 어쩌면 좋지, 어머님에게 말하면 혼날까 봐 내심 걱정을 했다. 그런데 어머님이 불편한 다리로 큰방으로 들어오셨다. 나는 불안했다. 그런데 제상 위를 몇 번 휘익 둘러보시더니 단번에 찾아냈다.

"아이고, 밤이 없네. 어서 고구마 가져와서 밤 모양으로 쳐서 놔라!"

어머님은 생각할 겨를도 없이 고구마가 어머님 머리에 새겨져 있다. 나는 시장 잘못 봤다고 한소리 들을까 봐 걱정을 했다.

그런데 어머님이 그 자리에서 해결해 주었다. 나는 마음과 손이 바빴다. 얼른 고구마를 가져와서 껍질을 벗기고 큼직하게 네모로 잘랐다. 평소에도 밤 치는 담당은 내가 한다. 밤보다 더 예쁘게 각을 만들어 모양을 냈다. 내가 봐도 겉모양은 밤인지 고구마인지 분간이 어려울 정도로 감쪽같았다. 어머님이 해결사 역할을 해 주는 덕분에 무사히 제사를 지냈다. 제사를 다 지내고도 고구마를 밤으로 둔갑한 것을 아무도 몰랐다.

나는 입이 근질근질했다. 설거지를 하면서 동서에게 질문을 냈다. 오늘 제사 음식에 잘못된 점 골라 보라고 했다. 그랬더니 곰곰이 생각을 했다. 잘못된 점이 없단다. 한 번 더 찾아보라고 했다. 이번에는 음식을 조금씩 조금씩 먹어 보았다. 고구마로 만든 밤도 먹었다. 그런데도 찾지 못했다. 동서는 도저히 모르겠단다.

"밤이 고구마 아이가."

부엌에서 동서간의 웃음이 현관으로 번졌다.

동서는 고구마와 꼭 닮았다. 마음도 생김새도 푸근하고 넓다. 흙에서 나는 고구마처럼 편안하다. 고구마가 밤의 역할을 해 주듯이, 동서는 나에게 고구마다. 커피가 먹고 싶다고 생각하면 어느새 커피가 옆에 와 있다. 내가 할 일을 동서가 다한다. 제사 음식도 내가 가기 전에 먼저 와서 척척 알아서 한다. 동서와 같이 있을 때는 내가 할 일이 없다. 시집의 모든 일들을 잘한다. 동서의 행동을 보면 나에게는 해결해 주는 고구마다. 동서는 내가 없어도 무성한 고구마 잎처럼 시집 생활이 풍성하다.

어머님의 고구마 사랑은 한결같다. 옛날에는 양식으로 고구마가 어머니를 찾았다면, 지금은 어머님이 고구마를 찾아 제사상을 차린다. 어머님 곁에는 고구마가 떨어지지를 않는다. 고구마 줄기도 말려서 겨울이고 여름이고 사시사철 드신다. 어디서 들었는지 항암에 좋다고 많이 먹기를 권한다. 어려울 때 함께한 정을 내려놓을 수가 없는 모양이다.

시집의 언덕에 무성한 잎이 올해의 결실을 보여 준다. 줄기를 헤치며 뿌리를 본다. 호미로 토실토실한 흙을 끌어낸다. 빨간 고구마 색이 어머님의 얼굴과 동서의 얼굴 같이 둥글고 환하다.

새벽을 여는 남자

남들이 잠자는 이른 시간에 자전거를 타고 십오 분 거리를
달려간다. 자신의 운동도 하고, 모든 사람들에게 즐거움을 주고
혈액순환을 도와주는 웃음으로 새벽을 여는 남자다.

새
벽
을
여
는
남
자

희뿌연 어둠이다. 끊임없는 어둠 속의 예비와 지향이 하나의 아침을 맞는다. 아침을 향하는 어둠의 설렘이 바다의 해무처럼 자욱하게 온 천지에 깔린다. 첫닭 우는 '꼬끼오' 소리가 어디선가 들리며 부산을 떠는 것도 바로 이 시간이다. 차의 시동 소리와 삶의 시동 소리가 들리는 새벽이다. 나는 이따금 새벽녘의 역전 시장을 돌아볼 때도 있다. 수족관에서 팔딱거리는 생선처럼, 새벽 시장은 생활의 일 라운드가 시작된다. 팔팔 뛰는 생존의 현장을 맛보는 곳이다. 사람 냄새와 생선 냄새가 퀴퀴하게 뒤섞인 시장의 분위기다. 기지개를 켜며 눈을 부비는 상인들의 의욕이 하루를 시작한다.

부부는 반대로 만난다는 말을 들은 적이 있다. 나처럼 잠이 많은 사람들은 새벽 시장 풍경을 좀처럼 구경할 수가 없다. 인시에 일어나고 싶어서 알람을 맞추어 놓고도 누르고 다시 잠든다. 별명을 잠꾸러기라고 달고 산다. 그 반면에 남편은 결혼한 날부터 지금까지 항상 나보다 먼저 눈을 뜬다. 뒤척이지도 않고 눈을 뜨는 모습이 신기할 따름이다. 나는 남편이 깨워 줘도 '조금 더 조금 더'라고 하며 잠자리에서 일어날 줄을 모른다.

남편은 일찍 자고 일찍 일어나는 착한 어린이형이다. 저녁 아홉 시 뉴스를 보면서 꾸벅꾸벅 졸고 있다. 졸고 있는 모습을 폰에 담으려다 '찰깍' 하는 소리에 잠을 깨운다. 계면쩍은 얼굴로 빙그레 웃는다. 몇 번 졸고 나면 새벽을 위해 안방으로 뒷모습을 보인다. 날마다 찾아오는 짜릿한 새벽을 열기 위해 큰소리로 꿈을 꾼다. 꿈속에서 부두에 매달린 배처럼 거센 파도 속에 떠밀리고 있는 모양이다. 일찍 일어나는 시간은 정신이 깨어 있는 시간이다.

신혼 초부터 일찍 사업을 시작하게 되었다. 아는 지인의 소개로 길도 모르는 낯선 곳에 와서 겁 없이 뛰어들었다. 지나고 보니 젊음은 용감하다는 말이 실감난다. 잠이 없는 남편은 해야 할 일들을 새벽에 반나절 동안 해 버린다. 낮에는 영업하랴 납품하랴 일할 시간이 없었다. 일찍 자고 일찍 일어나는 습관은 어릴 때부터 몸에 밴 모양이다. 할 일이 없어도 허리가 아파 누워 있지 못하는 남편의 오래된 습관이다.

남편은 혼자 새벽 시장을 즐긴다. 사람 사는 냄새가 좋고 시장 냄새가 좋다고 한다. 우리 부부는 과일을 좋아한다. 제철 과일은 남편 담당이다. 일찍 일어나서 뒷산을 산책하거나, 부산한 새벽 시장이 남편에게는 제격이다. 남자들도 눈에 보이면 뭔가 사고 싶은 모양이다. 잘

못 사 와서 후회할 때도 있지만 대체적으로 잘 골라 사 오는 편이다.

남편이 일찍 일어나 부지런하니까. 좋은 점이 더 많다. 건강식도 다른 집들은 대개 아내가 남편에게 해 준다. 우리 집은 반대가 되었다. 처음에는 아침 일찍 내가 마를 갈았다. 그런데 잠이 많은 나는 작심삼일이다. 다음 날 잠든 나를 보다 못한 남편은 마를 갈아서 본인도 먹고 나도 챙겨 주었다. 그런 뒤에는 저녁에 마를 씻어 우유와 같이 냉장고에 준비해 둔다. 요즘은 마를 가는 것이 남편의 담당이 되어 버렸다. 우리 부부는 위장이 좋지 않았다. 남편이 갈아 준 마가 특효인지 위장이 튼튼해졌다.

남편은 일찍 일어나서 공원에 국학기공을 가르친다. 생활체육에 등록한 강사다. 공원에 가서 몸을 늘이고 털고 당기며 몸 구석구석 세포 하나하나에 사랑을 주고 건강을 전달하는 건강전도사다. 남들이 잠자는 이른 시간에 자전거를 타고 십오 분 거리를 달려간다. 자신의 운동도 하고, 모든 사람들에게 즐거움을 주고 혈액순환을 도와주는 웃음으로 새벽을 여는 남자다.

처음 국학기공 강사를 나간 날을 생각하면 어색하기만 했다. 동작, 구령 다 어설펐다. 이제 몇 년을 하다 보니 대회에도 나갈 만큼 실력이 쌓였다. 본인도 뿌듯한 모양이다. 새벽 다섯 시 반만 되면 어김없이 일어난다. 좀 더 자고 싶을 텐데 오뚝이처럼 일어나는 남편의 뒷모습은 생기가 넘친다. 비 오는 날 외에는 하루도 빠지지 않고 나가는 남편의 뒷모습을 잠결에 살며시 훔쳐본다.

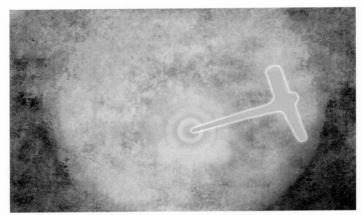

기적의 열쇠

기적의 열쇠는 딸과의 마음을 열어 주는 계기가 되었다.
바쁘다는 핑계로 살아가는 이 현실을 누구나 기적의 열쇠를 사용
하여 소통의 장을 열어 화합하는 현실을 만들어 나갔으면
하는 마음이다.

유난히 건강에 신경을 쓰는 딸이다. 몸에 좋다는 말만 들으면 무엇이든 사서 택배로 보낸다. 택배기사가 우리 집의 사정을 잘 알 정도로 들락거린다. 택배기사에게 받은 직사각형 상자 속에 T자 모양의 노란 기구가 하얀 주머니 속에서 얼굴을 내민다. 설명서로 보이는 책 한 권과 기구를 보면서 동시에 딸의 마음과 연결되는 느낌을 받았다. 일정한 시간과 비용을 들이지 않고 건강을 챙길 수 있는 간단한 기구라며 엄마에게 꼭 필요하다는 말까지 덧붙인다.

기구의 이름은 '힐링라이프'다. 살면서 배꼽은 우리 몸에서 없는 것과 다름없이 살아왔다. 탯줄을 잘라 낸 흔적일 뿐, 아무런 기능도 하지 않았다. 그런데 이 간단한 기구가 배꼽을 힐링하다니, 신기할 따름이다. 나는 서서히 힐링기를 배꼽에 가져갔다. T자의 끝부분을 두 손으로 잡고 배꼽 주위를 여기저기 눌러 보았다. 신기하게도 온몸에 전율이 느껴졌다. 우리 몸의 중심인 배꼽을 누르니 몸

전체에 전달이 되는 모양이다.

나는 평소에 장이 좋지 않다. 술이라도 한잔하게 되면 설사를 하고, 컨디션이 좋지 않을 때도 변비를 달고 살았다. 선천적으로 내려오는 유전이라고 형제들 모임이면 오빠 동생 함께 입을 모은다. 그런 내 몸의 근황을 딸이 상세히 알고 있다.

딸은 힐링라이프를 보는 순간 엄마의 형상이 스크린이 되어 눈앞에 떠올랐다고 한다. 나는 딸의 성의가 너무 고마워 침대에 누워서도 하고, 책상에 앉아서도 하고, 열심히 배꼽을 힐링하고 있다. 유일하게 힐링기는 수시로 나의 배에서 지신을 밟는다. 힐링하는 동안 내 마음은 어느새 날개를 달고 딸과의 배꼽이 연결되어 삼십팔년 전으로 날아가고 있다.

나는 딸과의 생일이 이틀 차이다. 잘못했으면 생일날 아기를 낳을 뻔했다. 생일이 지나고 이틀날 아침부터 서서히 배가 아파 오기 시작하더니 양수물이 터져 양다리 사이로 흘러내렸다. 시골이라 병원으로 가지 않고 보건소가 더 잘한다는 소문이 돌았다. 나는 시키는 대로 짐을 꾸려 보건소로 갔다. 그런데 배가 살살 아프다가 잠이 오고 아기가 나올 기미가 보이지 않았다.

어머님은 남편이 옆에 있으니 혼자만 아프면 되지, 너는 어서 가서 자거라 하며 남편을 집으로 보내 버렸다. 나는 죽지도 살지도 못하는 찰나였다. 옆에서 손이라도 잡아 주었으면 싶었는데 무정하게 가 버렸다. 지금은 나이가 있으니 어머님이 별로 어렵지 않지만 어려운 어머님보다 남편이 옆에 있어 주면 아기가 저절로 나올 것 같았는데 이중으로 마음과 몸이 아팠다.

하루 종일 틀고 밤이 새도록 아기는 나오지 않았다. 나는 기력이 없어 힘을 줄 수가 없었다. 배꼽과 배꼽의 연결이 이리도 힘든 일인지 생각지도 못했다. 누구나 아기를 데리고 다녔기 때문에 나도 할 수 있다고 생각했다. 그런데 아기를 데리고 다니는 여자들이 위대하게 보이는 순간이었다. 내 마음은 포기를 해 버린 동시에 배 속의 아기는 나오려고 안간힘을 쓰고 있었다. 오후가 되어서야 남편이 바나나우유 세 통을 사 가지고 왔다. 바나나우유를 빨면서 힘주기를 반복 하면서 오후 1시 15분에 딸과의 탯줄을 분리시켰다.

배꼽과 모체의 만남은 너무 힘든 일이었다. 나는 어느새 밑으로는 하혈을 하고 정신을 놓아 버렸다. 그때 누가 방에 들어오지 않았다면 나는 이 세상에 존재하지 않았을 것이다.

배꼽은 생명의 연결점이다. 모체와 탯줄로 연결되는 곳이자 지구 어머니와 생명에너지로 연결되는 곳이다. 배꼽은 시작점이자 끝점이고 연결점이라고 배꼽의 의미를 설명서에서 알려 주듯이 우리 몸의 중심인 배꼽은 중요한 역할을 하는 곳이다.

태어난다는 것은 자궁 속에서 생명을 지켜 준 어머니와 분리되어 이 세상에 던져지는 것이다. 태어나서는 자연의 생명에너지와 연결되어 살아가고 있다. 힐링기의 사용으로 몸과 마음이 동시에 열리고, 감각이 열리고, 의식이 열리고 몸의 여러 순환이 원활해지면 몸과 마음은 분리되지 않는·하나가 되지 않을까. 몸과 마음이 하나가 되면 살아가는 데도 많은 도움이 되지 않을까. 서로 타협하지 않아도 저절로 일이 해결될 것이다.

배꼽은 인체의 뿌리다. 배꼽의 중심으로 장을 풀어 주면 모든 기능이 원활해진다. 배꼽 힐링은 배꼽버튼을 활용한 것이다. 요즘 사람들은 장이 많이 굳어 있다. 인스턴트 음식이 원인이지 않을까 생각한다. 과거에는 충분히 걷고 몸을 많이 움직이는 생활을 했다. 그런데 요즘에는 운동량이 턱없이 부족하다.

그래서 장이 딱딱하게 뭉친 상태를 배꼽 힐링기로 잘 풀어 주면 장기능도 좋아지고 순환 기능과 배출 기능을 원활하게 하여 몸 전체의 건강을 향상시켜 준다. 장을 잘 풀면 정체된 감정도 스르르 풀린다. 자기 스스로 화를 다스리다 보면 여유로운 생활이 펼쳐질 것이다. 심장이 멈춘 사람에게 심폐소생술을 하듯 배꼽 힐링은 건강이 무너진 사람에게 배꼽을 눌러 활기를 살리는 기력 소생술이라 할 수 있다.

딸과의 연결고리가 배꼽의 사랑으로 춤을 추고 있다. 딸의 나이가 들어가니 쏙 들어간 배꼽의 깊이가 너무 얕았는지 무한한 사랑을 보내오고 있다. 가을에 결혼을 앞두고 보니 더욱더 엄마와의 탯줄 연결을 무엇으로 보상할 것인가 생각하나 보다. 하찮은 배꼽, 생각지도 않은 배꼽 힐링기를 보면서 몇 배의 사랑이 둘 사이를 바쁘게 오고간다.

배꼽 힐링기는 누구나 그냥 하면 된다. 배울 것이 없다. 택배 오는 그날부터 하루도 빠지지 않고 가지고 놀았더니 화장실의 즐거움이 바로 삶의 행복으로 찾아온다. 머리가 맑아지고 산소 공급이 충분히 이루어져 눈앞이 환해지는 느낌이다. 배가 따뜻해지고 체온이 올라가니 정신이 맑아지고 하루하루의 삶이 충만으로 채워진다.

날마다 잠겨 있는 배꼽을 기적의 열쇠로 열면서 행복을 창조하는 삶으로 만들어 갈 것이다. 기적의 열쇠는 딸과의 마음을 열어 주는 계기가 되었다. 바쁘다는 핑계로 살아가는 이 현실을 누구나 기적의 열쇠를 사용하여 소통의 장을 열어 화합하는 현실을 만들어 나갔으면 하는 마음이다.

아기가 어머니로, 어머니가 할머니로, 결국에는 온 지구인이 모두 가족이다.

澄

징 [맑게 하다]

작품명_〈품앗이〉

맑/게/ 하/다

품앗이

논둑에 빙 둘러앉아 동네사람들과 정을 나누고,
일상의 소소한 이야기에 귀 기울이던 시골의 풍경

품
아
ㅅ
이

자연으로 왔다. 이곳은 시골 풍경을 종합적으로 음미할 수 있는 곳이다. 집 주위에는 논과 산이 있어서 사계절이 뚜렷하다. 모내기 철이 되어 옛날 방식으로 모내기를 한다면 나도 함께할 것을 마음 먹고 있었다. 그런데 이앙기(移秧期)로 바람처럼 지나가 버렸다. 이 앙기가 다니지 못한 곳에만 손으로 심는 모습이 보였다.

이앙기로 하는 모내기도 동네 사람들이 다 나와서 못자리에 앉아 웅성거린다. 작은 못자리에 인정이 넘쳐흐른다. 옛날처럼 잔치국 수 맛은 보지 못해도 짧은 시간에 빈 논이 되었다. 나는 달달한 커 피를 내려서 논으로 가져갔다. 지금은 농사가 많지 않아 모내기하 는 모습도 추억을 되새김질하기에 좋은 구경거리다. 손으로 만져 보지는 못했지만 모내기 풍경을 보면서 동심으로 갈 수 있었다.

힘든 일을 서로서로 도와주면서 품을 지고 갚는 일을 품앗이라고 한다. 옛날에는 모내기 철이 되면 동네 사람들끼리 서로 품앗이를 하면서 그 많은 논을 여러 사람의 손으로 쉽게 메워 나갔다. 혼자 하는 것보다 여럿이서 하는 일은 수월하다.

친정집에는 논이 별로 없었다. 몇 마지기 되지 않는 농사로 먹고 살기가 버거웠다. 남의 논을 도지로 얻어 농사를 지었다. 그러니 일손이 턱없이 부족할 따름이다. 모내기 철에는 가족 얼굴 보기가 힘들 정도로 각자 일을 했다. 엄마는 새벽에 일어나 아침밥을 해 놓고 남의 집에 품앗이 가고 없었다. 처음에는 밥 챙겨 먹고 학교 가라던 엄마도 힘이 부치는지 차츰 요구가 많아졌다.

아침밥을 먹고 설거지하고 학교 가는 날이 많았다. 학교에서 돌아오면 텅 비어 있는 집이 나는 싫었다. 그렇지만 큰딸인 내가 투정 부리기에는 사치였다. 초등학교 4학년부터 아궁이에 불을 지펴 보리쌀을 삶았다. 삶은 보리쌀에 쌀을 조금 넣어 다시 밥을 한다. 연기에 콧물 눈물을 흘리며 해 놓은 밥을 품앗이 다녀온 엄마가 침이 마르도록 칭찬을 했다. 그 칭찬의 기운에 모내기 철 내내 나는 작은 손으로 밥하고 쇠죽까지 끓였다. 굽은 허리로 누워 있는 엄마의 모습을 보면서 일손을 조금이라도 도우려는 심사였다.

우리 집에서 모내기하는 날은 학교도 가지 못했다. 늘 품앗이만 다니던 엄마는 집에서 새참 하고 점심 하는 날이다. 엄마 혼자서 많은 음식을 하기에는 너무 벅차다. 나는 엄마 뒤에서 음식을 도와주었다. 감자껍질 벗기고, 파 다듬고, 아궁이에 불 지펴 주고 할 일이 많았다. 음식을 다 해서 논으로 가면 나도 엄마 뒤를 따르며 멸치

국물 주전자, 막걸리 주전자를 들고 갔다. 엄마가 품앗이한 집들은 다 모였다. 넓은 논둑에 동네 사람들이 둘러앉아 점심 먹는 모습이 정겨운 농촌 풍경이다.

조금 더 커서는 일요일이 되면 엄마와 함께 나도 품앗이를 나갔다. 엄마 혼자 이틀 갈 일을, 함께 가게 되면 하루에 끝이 난다. 나는 모내기가 재미있었다. 흙탕물 속에서 일하는 것도 좋았고, 어른들과 나란히 옆줄을 서서 모를 심는 것이 신기했다. 일은 고되지만 엄마와 하루 종일 함께하는 것이 즐거웠다. 그렇지만 엄마는 모내기 철만 되면 얼굴이 퉁퉁 부어 있고, 아침에 눈도 잘 뜨지 못하고 몸이 무거워 보였다.

나는 품앗이하는 것은 힘들었지만 쌀밥과 맛있는 반찬을 푸짐하게 먹을 수 있어서 고됨을 참을 수 있었다. 새참 때마다 먹었던 감자수제비와 잔치국수는 지금도 잊을 수 없다. 논둑에 빙 둘러앉아 동네사람들과 정을 나누고, 일상의 소소한 이야기에 귀 기울이던 시골의 풍경이 그립다. 시골에서 자란 사람이면 이런 추억 하나쯤은 마음속에 담아 두고 있을 것이다.

모내기만 품앗이한다고 생각했는데 이 동네에 와서 새로운 풍경을 보았다. 담 너머 웃음소리 따라 발길을 옮겨 보았다. 마당 한복판에 동네 사람들이 모여 앉아 김장을 하고 있다. 마당 안으로 들어가니 동네 아낙 한 사람이 버무리던 배추 속을 한 잎 따서 입으로 넣어 준다. 인심이 듬뿍 담긴 김치 맛은 일품이다. 동네 사람들의 갖은 양념과 무공해 배추의 맛은 어디에도 견줄 수가 없다. 여러 사람이 주는 김치를 받아먹고 나니 배 속에도 정으로 가득하다.

시골에는 김장철이 되면 손길이 바빠진다. 객지로 나간 자식들 김장까지 보태지니 한집에 보통 삼사백포기 김장을 담근다. 그 많은 김장을 혼자서 하기에는 벅차다. 동네 사람들과 서로서로 김장 품앗이를 하는 모양이다. 여러 손을 모아 김장을 하면 많던 배추가 짧은 시간에 김치로 변한다.

김장을 다하고 동네 어른들과 함께 점심을 먹는다. 김장하는 날은 보쌈이 최고다. 삶은 돼지고기를 김치에 싸서 먹는 큰 입속만큼이나 정감이 간다. 김치를 쭈욱 손으로 찢어서 김이 나는 밥 위에 척 걸쳐 먹는 그 맛이 진정 우리 고유의 맛이 아닐까. 동네 사람들의 손길이 입안으로 들어올 때마다 나는 감탄한다. 환한 마음으로 집에 들어서자 뒤따라온 어르신의 얼굴에 햇살이 따사롭다.

"우리 김장 함 무 보소!"

김치를 맛있게 먹고 담아 온 양푼이를 깨끗이 씻어 동네에 또 나들이를 나갔다. 김장을 하던 마당은 말끔하게 치워져 있고, 김장에 쓰이던 다라이들은 구석에 차곡차곡 잠자고 있다. 마루에는 동네 어른들과 굴 파티가 벌어졌다. 각자가 하는 김장 풍경이 쓸쓸해 보였는데 이곳에 와서 마음이 부자가 되는 기분이다. 정을 나누고 인정을 베푸는 시골의 인심을 눈으로 보아 눈이 호사하고, 입으로 먹어 몸이 살찌는 느낌이다.

김장 품앗이뿐만 아니라 과외 품앗이, 반찬 품앗이, 부조 품앗이 등 현시대에 맞는 품앗이가 늘고 있다. 옛날의 품앗이는 사람들이 우러러 모여 다니며 서로서로 도왔다. 현재는 징검다리를 밟고 지나가듯 개인적인 품앗이가 늘고 있는 추세다.

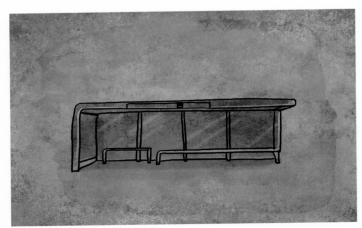

환승

"꼬이는 날은 나이가 들어도 꼬인다아이가. 좋게 생각해라."
그 말에 내 마음도 자연스럽게 환승할 수 있었다.

환승

　산악회가 있는 날이다. 남자 동기가 전화 와서 경주 고위산 가는데 어떻게 올 거냐고 묻는다. 나는 경주까지 버스 타고 갈 테니, 경주 안압지까지 태우러 올 수 있냐고 물었다. 남자 동기는 확실하게 대답을 하지 않고 입속에서 구시렁거렸다. 스스로 왔으면 하는 눈치였다. 나는 그때 '알았다.' 약속 장소에 혼자 찾아가겠다하고 전화를 끊었다.

　나만의 준비를 했다. 감포에 이사 와서 버스를 많이 타고 다니게 되었다. 지인의 딸이 교통카드를 가지고 다니면 환승할 수 있어서 편하다는 말을 언젠가 들은 기억이 난다. 나는 별안간 그 생각이 떠올라 교통카드를 구입했다. 교통카드를 사서 경주에서 내남 가는 버스로 환승하면 된다는 기발한 생각에 혼자 좋아했다.

　일요일 아침이 되었다. 일찌감치 배낭을 메고 나섰다. 환승하는 시간은 30분 이상이 걸리면 무효라는 말도 들었다. 버스를 타고 처음 가 보는 곳이라 시간이 얼마나 걸리는 줄도 몰랐다. 감포에서 버스를 타고 경주로 가면서 차창 밖을 보았다. 가슴속에서는 잔잔한 파도가 일었다. 그렇지만 이 기회가 아니었으면 환승한다는 생각은 하지 못했을 것이다.

승용차에 의존해 살아가다 보니 버스 탈 기회가 없었다. 그런데 시골로 이사 오고부터 버스를 접할 기회가 많이 생겼다. 경주 볼일이 있으면 일부러 버스를 타고 간다. 감포에서 경주 가는 도로는 고불고불 옛 정취가 그대로 남아 있고, 사계절을 뚜렷이 느낄 수 있는 삶의 창문 같은 길이기도 하다. 넉넉한 시간에 마음과 몸을 실어 여행의 맛을 느껴 보았다.

버스를 타고 교통카드를 처음 해 본 날이다. 카드를 어디에다 대는지도 몰랐다. 운전기사가 이상한 눈초리로 나를 쳐다본다. '뭐, 이것도 못하나?' 하는 눈치다. 환승도 처음 해 보았다. 나는 버스에 앉아서 어떻게 하는지 보니까 내릴 때도 같은 방식으로 카드를 확인하고 내렸다. 목적지까지 가는 버스를 타고 카드를 인식하니 '환승'이라고 멘트가 나온다. 처음 해 보는 것은 참 신기한 일이다. 버스가 어디라고 예쁜 목소리로 말해 준다. 그래도 마음을 놓을 수가 없었다. 노파심에 옆 사람에게 물어보고 무사히 약속 장소에 사십 분 전에 도착했다.

아직 동기들의 모습은 보이지 않았다. 사람이 여럿이 앉을 수 있는 자리를 잡아 혼자 기다리고 있었다. 10시가 되어 가는데 아무 소식도 없고, 동기들도 보이지 않았다. 고위산 주차장은 약속 장소로 정해져 있는 것처럼 보였다. 사람들이 붐비고, 사람을 찾느라 여기저기 살피는 사람들뿐이다. 만나서 반갑다고 악수하고 등을 치고 표현하는 방법도 여러 가지였다.

그때 동기 한 명에게서 전화가 왔다. 장소가 바뀌었다고 2키로 쯤 걸어오라고 한다. 나는 할 말이 없어 전화를 끊었다. 한참 있어도 연락이 없었다. 두 번째 전화도 마찬가지로 걸어오라고 한다. 가슴속에서 큰 파도가 출렁거리기 시작했다. 우리 나이 정도 되면 모든 것 초월하고 넓은 마음으로 살아간다. 그런데 오늘은 왠지 모르게 마음속이 꿈틀거린다. 한번 와 보지도 않고 두세 번 전화만 하고 모습은 보이지 않았다.

나는 마음을 잠재우다 도저히 안 되겠다 싶어 오늘의 등산을 포기하기로 했다. 다시 큰 도로로 나갔다. 버스를 타고 환승해서 집으로 가려고 마음을 먹었다. 한참을 기다렸는데 버스는 오지 않고, 그때 어디서

"거기서 뭐하노?"

부산 동기들이 앞을 지나가면서 차를 세웠다. 그 차를 탈까 말까 망설이다 그냥 타고 목적지에 갔다. 그때까지 울산 동기들은 그 자리에 있었다. 부산 동기들이 아니었다면 그날 나는 집으로 왔을 것이다.

집에 왔으면 불을 보듯 뻔하다. 속이 좁니, 나이 들어서 무슨 짓

이냐고, 여러 동기들에게 찐쌀이 되었을 것이다. 처음 전화 연락부터 섭섭하게 만든 것이 이렇게 크게 작용할 줄은 나 자신도 몰랐다. 그 자리에 합류해서 등산을 하고 점심을 먹었지만, 내 마음속은 계속 나를 괴롭혔다. 그냥 넘어가면 될 일을 잠재우지를 못했다. 그동안 친하게 지냈던 동기들의 배신감 때문에 하루 종일 내 마음이 부글거렸다. 나는 결국 등산은 참석했지만 나의 마음을 굽히지 못했다.

울산까지 가서 동기들과 저녁을 먹고 왔지만, 내 마음속은 편안하지 않았다. 이런 내 자신을 들여다보는 것이 너무 힘이 들었다. 여유롭게 대처할 수는 없었을까. 하루를 뒤돌아보니 부끄럽기만 하다. 집에 와서도 그냥 잘 수가 없었다. 남편과 술을 한잔하면서 하루의 정리를 했다. 남편이 한마디 했다.

"꼬이는 날은 나이가 들어도 꼬인다아이가. 좋게 생각해라."

그 말에 내 마음도 자연스럽게 환승할 수 있었다.

서로의 입장을 조금씩 헤아려 주었더라면 이런 일은 없었을 것이다. 지천명이 되도록 살아오면서 기수련, 마음수련으로 나름대로 마음을 다져 왔다고 생각을 했다. 그런데 아직 한참 수련을 더 해야 할 것 같다. 내 마음속을 마음대로 할 수 없는 자신을 오늘의 계기로 다시 한 번 돌아보게 되었다.

나이가 들었다고, 마음 수련을 했다고 모든 것을 초월할 수 없다는 것을 깨달았다. 맑고 넓게 살아가려는 것이 잘못된 생각인 것이다. '맑은 물에 고기가 살 수 없듯이' 깨끗한 것이 좋은 것은 아닌데도 누구나 고집하는 것은 무슨 연유일까. 살아가면서 마음의 환승도 수시로 하며 살아가는 것이 현명한 방법일 것이다.

　버스를 타지 않고 자가용만 타고 다녔더라면 이런 소소한 일을 느끼지 못했을 것이다. 우리나라가 발전하고부터 자가용 타고 다니는 가정이 늘어났다. 옛날에는 누구나 버스를 타고 다녔지만 요즘은 누구나 자가용을 타고 다닌다. 집은 없어도 자가용은 있어야 한다는 추세다. 나 또한 버스에 대해서 환승이 있는지도 몰랐다. 나처럼 교통카드 쓰는 방법을 모르는 사람들이 더러 있을 것이다.

　버스 환승을 처음 하는 날, 내 마음의 환승도 처음인 것 같다. 버스를 타고 스치는 자연을 즐기듯이, 아름다운 삶의 여행에서도 때론 환승으로 정화하며 살아갈 것이다. 사계절의 멋있는 산천을 바라보며 그날의 씁쓸한 마음을 파란 하늘에 그려 본다.

호두

그녀 입에서 "시끄러워요!"
이 말 속에는 호두 속에 미로 같은 알맹이가 들어 있는
고소한 말이다. 이 한마디에 두말도 못하고
중국을 같이 다녀왔다.

호
두

   넓은 잎 모양이 눈에 익었다. 어디서 많이 본 듯한 나무다. 비행기를 타고 하늘을 건너와서 발견하다니, 우리나라에서는 눈에 보이지 않았다. 호두나무 잎이 고향에 온 듯 반갑다. 길가에서 보니 넓은 잎은 보이는데 연두색에 가려 보이지 않는 물체가 있었다. 가까이 가서 자세히 보니 연두색으로 된 열매가 여기저기 달려 있었다. 우리나라와 중국은 거리가 멀지 않아서 그런지 모든 나무들이 우리나라와 비슷하다.

   일행들과 중국 태항산 밑자락을 거닐고 있다. 길가에는 우리나라 유원지처럼 아주머니들이 자판을 이루고 앉아 있다. 연초록 껍질을 벗기고 나면 딱딱한 껍데기다. 팔고 있는 물건은 거의 다 호두다. 외국까지 나와서 호두를 만나고 보니 호두에 관심이 더 깊어졌다.

   일행이 딱딱한 갈색 호두를 하늘 끝까지 올려서 세면바닥에 떨어지게 했다. 호두는 공중에서 떨어지며 산산조각이 되어 여기저기

흩어졌다. 호두알을 서로 주워 먹으려고 야단이다. 호두는 돌처럼 어지간해서 깨지지 않는다. 주먹만 한 돌이나 망치를 이용해야 한다. 그 안에는 고소하고 달콤한 호두알이 꼭 사람의 뇌 모양 같다. 미로 속 같은 호두를 먹으며 관찰하다 보니 내 곁에서 항상 맴도는 호두 같은 그녀가 스친다.

그녀를 처음 보았을 때는 호두 겉모양처럼 수더분하게 생긴 연두색이었다. 얼굴 생김새도 꼭 호두열매와 흡사하다. 생긴 모습이 여우처럼 깍쟁이 같이 생긴 것이 아니다. 유순해 보이는 그녀의 모습은 연초록을 띠고 있을 만큼 순수해 보인다. 알면 알수록 매력 덩어리인 그녀다. 그녀의 모습도 호두 껍데기처럼 한 꺼풀 벗기고 나면 또 다른 모습들이 보였다.

딱딱한 껍데기처럼 그녀의 빈틈없는 모습은 혀를 내두를 정도다. 그녀의 똑소리 나는 행동은 누가 흉내 낼 수가 없다. 큰 모임 장소에서도 떨리는 법이 없다. 논리 정연하게 모임을 이끌어 가는 모습에 반할 정도다. 성격 또한 한 치의 오차도 없이 똑바르다. 그녀의 모습은 딱딱한 호두 껍데기를 그대로 닮았다. 호두의 연두색 속처럼.

친동생처럼 지내는 그녀는 버릴 것이 하나도 없다. 같은 여자지만 보면 볼수록 반한다. 미로 같은 재주꾼이라 깐깐하면서 고소함을 함께 지니고 있다. 그런 묘한 재주는 어디서 나오는지 입이 벌어져 다물어지지가 않는다. 직장에서 손님을 대할 때도 그녀의 모습은 또 다른 모습이다. 수더분한 모습에서 똑똑한 모습까지 모두 다 호두 같다. 나는 고소한 호두를 먹을 때면 그녀가 떠오른다.

그녀는 무슨 일이든 닥치는 대로 척척 해내는 요술쟁이다. 몇 년 전에 관광버스를 빌려 야유회를 가게 되었다. 그녀는 차 안에서 사회를 봤다. 처음부터 끝까지 막히는 말이 한 번도 없었다. 준비도 없이 그 자리에서 바로 시켰는데 준비된 사람처럼 사회를 일사천리로 보았다. 분위기를 띄워 가며, 유머도 섞어 가며 명품 사회를 봤다. 회원들은 집에 돌아올 때까지 입에 침이 마르도록 칭찬을 했다. 똑소리 나는 그녀를 곁에 둔 나는 호두의 딱딱한 부분을 꼭 닮았다는 생각에 미소가 번졌다.

그런 반면에 고소한 맛을 내는 면도 있다. 그녀가 친한 언니들을 한자리에 모았다. 사랑하는 언니가 나를 포함해서 3명이 되었다. 호프집에 그녀와 함께 4명이 모였다. 우리는 다 초면이다. 고소하고 달콤한 언어로 우리를 소개해 주었다. 살아가면서 만남을 이루어 주는 것도 쉽지 않은데, 그녀는 스스럼없이 자리를 마련한다.

4명이 모인 자리에서 순서를 정하다 보니 거기서도 내가 제일 큰언니가 되었다. 한 사람으로 인해 알게 된 고소한 인연이 아닐 수 없다. 큰언니가 되다 보니 어깨가 무거워지는 느낌이다. 호프 한 잔으로 서로의 소개가 끝나고 미로 같은 3명 언니들의 나눔이 시간 가는 줄 모른다. 그녀는 또 다른 일을 만든다. 우연히 만난 4명이 골프 한 조가 되었다. 가을의 미로 속으로 고소하고 달콤한 풍경과 함께 어울리자는 약속을 하고 헤어졌다.

한 달이 되었을까. 그녀에게서 연락이 왔다. 고소한 인연들이 모여서 골프 한 게임 하자는 연락이 왔다. 두 번째의 만남이다. 어렵지만 한곳에 모여서 같은 차로 이동을 하게 되었다. 그녀가 아는 사람인지라 달콤한 차 안의 분위기였다. 가을을 만끽하고 가을을 따오는 추억을 만들었다. 어느 누구의 실력이 중요한 것이 아니다. 재미있게 누구와 라운딩 하는 것이 중요했다. 미로의 만남이 정을 나누는 하루가 되었다. 함께 저녁을 먹고 다시 만날 날을 기약하며 헤어졌다. 그녀의 인연 또한 소중하게 여기는 사람이다.

그녀와는 그렇게 오래 만난 인연은 아니다. 기간은 오래되지 않았지만, 안 보면 보고 싶고, 연락이 없으면 궁금한 사이가 되어 버렸다. 서로 바빠서 오래도록 연락이 되지 않아도 서로를 믿고 의지하는 사이다. 허심탄회하게 터놓고 대화할 수 있는 우리 사이는 탄탄한 대로가 되어 버렸다. 알면 알수록 고소한 그녀다. 사람 인연이란 오래 되었다고 친한 것이 아니다. 눈빛만 보고 말 한마디만 해도 느낄 수 있다.

이번 중국의 여행도 나는 갈 상황이 아니었다. 그런데도 사람을 이끄는 마법의 기술이 그녀에게는 있었다. 나는 그녀에게 도저히 못 가겠다고 잘 다녀오라고 했다. 그런데 그녀 입에서

"시끄러버요!"

이 말 속에는 호두 속에 미로 같은 알맹이가 들어 있는 고소한 말이다. 이 한마디에 두말도 못하고 중국을 같이 다녀왔다.

연해 보이면서 단단한 호두 같은 그녀는 자갈밭에 두어도 살아갈 수 있는 미로 같은 사람이다. 중국의 거리를 다니면서 조금만 마음에 들지 않으면 '시끄러버요', 건배사를 하면서 '시끄러버요', 유행어가 되어 웃음바다를 이루었다. 서로 얼굴만 처다봐도 무언의 언어를 나눌 수 있는 우리의 사이다. 이런 사이가 영원하길 두 손으로 합장을 해 본다.

아름다운 인연에 감사하며 예쁘게 가꾸어 나갈 것이다.

건강 예술가

자신의 건강을 지키고 남의 건강도 관리해 줄 수 있는 나를
어떻게 부르면 좋을까.

건
강
예
술
가

몸은 온도가 제일 중요하다. 몸이 냉하면 모든 병의 근원이다. 자기 몸과 대화하고 관리할 수 있는 능력을 따뜻한 연기에 의지해 봐도 괜찮을 것이다. 우리 몸의 온도가 정상으로 올라가면 면역력이 왕성해진다. 운동을 하면서 온도 조절하는 방법도 있지만 좌훈을 해서 온도를 조절할 수도 있다. 이처럼 일정한 온도를 유지하는 여러 가지 방법을 통해 건강한 몸을 만들 수 있다. 최근 들어 연기를 통해 몸의 온도를 조절해 주는 곳으로 '캄리좌훈'이란 것이 있다는 것을 알게 되었고 그 일이 내 직업이 되었다.

'캄리'라는 단어가 생소하다. 캄리란 외래어 때문에 홍보 효과가 적다는 말이 많다. 아름답다는 뜻인데 하루 빨리 우리말로 고쳐 간판을 걸었으면 좋겠다. 체인점이라는 형식 때문에 마음대로 고칠 수가 없다. 건물 간판이 홍보 역할에 중요하다. 남자나 여자 모두 좌훈을 할 수 있는 공간인데 간판만 보면 좌훈이라는 말 때문에 여자만

오는 것처럼 착각하게 된다. 입소문으로 오는 손님들이 대부분이다.

선뜻 들어와 보지도 못하고 망설여진다는 손님도 있다. 베트남 사람들이 모여서 회의를 하고 수다 떠는 곳인 줄 알았기 때문이었단다. 그러던 중 친구가 한번 가 보자고 해서 방문했더니 아담하고 잘 꾸며진 카페 분위기에 감동받았다고 한다. 흘러나오는 발라드 노래와 함께 의자에 앉아 체험을 하고 난 뒤 한 말이다.

좌훈의 순서는 먼저 실오라기 하나 남기지 않고 옷을 벗는다. 그 다음 헐렁한 피에로 가운을 입는다. 그리고 구멍이 뚫린 의자에 앉는다. 구멍 속에는 숯과 약재가 탄 연기가 솔솔 피어오르는 황토 종지가 있다. 좌훈의 시간은 30~40분 정도 소요된다. 아래에서는 연기의 열기가 회음혈을 자극하여 모세혈관을 타고 올라오고 위에서는 따뜻한 차의 기운이 아래로 내려간다. 이렇게 위아래로 순환하는 열기에 의해 소소한 병을 고쳤다는 사례가 많다.

S여인의 몸은 걸어 다니는 종합병원 수준이었단다. 그 사람의 증상은 한두 가지가 아니었다. 변비가 심해서 항문 주위가 가렵고 치질 때문에 괴롭다고 했다. 좌훈을 한 달 정도 하고 나니 쾌변을 볼 수 있고 항문 주위가 가려워 고통이었는데 가렵지가 않고 치질도 술 먹고 온 뒤 아침에 볼일을 보면 피가 새빨갛게 나왔는데 그 증상이 없어지고 안으로 들어갔는지 아프지도 않다고 한다. 이제 가려움 증상은 말끔히 나았다며 연기의 효과를 신통방통해 한다.

또 다른 여인, Y는 생리 때마다 진통제를 달고 산다고 한다. 약을 먹지 않고 생리를 해 봤으면 소원이 없겠다고 했다. 생리 시에 덩어리가 나오고 색도 검게 나왔다고 호소했다. 좌훈을 만나 얼마 하지 않았는데 덩어리가 나오지 않는다고 했다. 색깔도 산뜻하고 선명하게 기분 좋은 색깔이고 끝날 때도 깔끔하게 마칠 수 있어 좋다며 즐거워했다. 처음에는 그냥 한번 체험해 본다는 생각으로 왔다. 어디 가서 말도 못하고 끙끙대다가 좌훈을 만났다. 약을 달고 살던 오래된 생리통이 약을 먹지 않아 얼마나 다행인지 모른다.

J여인은 관절이 좋지 않았다고 한다. 애기 낳고부터 팔목 관절이 너무 아파서 일도 제대로 못하고 저녁마다 파스를 바르고 잠을 청했다고 한다. 그런데 좌훈을 몇 번 하고 언젠가부터 팔목 통증이 자기도 모르는 사이 파스를 바르지 않고 있는 자신을 발견했다고 한다. 그전에는 어디 가더라도 파스를 챙겨야 했는데 그런 번거로움이 없어졌다고 신기해했다. 좌훈이 관절까지 좋아지게 하느냐며 내게 묻는다.

H여인은 방광이 약했다고 한다. 처음에는 말도 안 하던 사람이 좀 친해지니까 방광이 너무 약해서 부부관계만 하고 나면 병원에 가서 주사 맞고 약을 먹어야 된다고 고통을 호소했다. 나이가 젊은데도 몸이 안 좋은 사람이 생각보다 많은 것 같다. 그런데 좌훈을 하고부터는 병원에 가지 않고 약도 먹지 않아도 된다고 좋아했다. 즐기면서 부부관계를 하는 사람이 있는 반면에 고통으로 살아온 사람도 있다는 것을 캄리 좌훈을 하면서 알았다. 여러 사례를 주고받는

가운데 내성적인 사람도 자연스럽게 마음을 열고 상담하게 된다.

유일하게 남자 손님이 몇 사람 있었다. 그중에 한 사람은 처음 좌훈을 하고 집에 갔는데 배가 아파서 밤이 새도록 잠을 한숨도 못 잤다고 했다. 아침에 출근하니 좌훈카페 앞에서 기다리고 있었다. 그 사람은 평소 당뇨병이 있었다고 했다. 대충 이야기를 들어 보니 명현 반응인 것 같았다. 배가 아파도 병원 가지 마시고 좌훈을 더 해 보시라고 권했다. 몇 번 하고 화장실 가서 다 비우고 나니까 정말 씻은 듯이 괜찮다며 신기하다고 인터넷까지 올린 사례가 있다.

아픈 곳이 없는 사람은 행복하다. 이 행복은 스스로 노력하면 가능한 일이다. 태어날 때부터 튼튼하게 태어난 사람도 있다. 그렇지만 살면서 자기 몸에 대한 관심을 가지면 더욱 건강하게 살 수도 있다. 바쁜 현실 속에 시간 내기가 여간 힘들지가 않지만 그래도 먹는 밥처럼 시간을 정해 놓고 관리한다면 하루하루가 행복한 삶으로 채워지리라 장담한다. 대개의 사람들은 돈이 많으면 행복한 줄 안다. 돈이 아무리 많아도 자기 몸 아파 누워 있으면 아무 소용이 없다. 자식도 부부도 대신 아파 줄 수 없다. 건강이 돈이고 건강이 행복한 가정을 만들어 준다.

조상의 지혜로움을 다시 한 번 일깨워 주는 좌훈요법이다. 옛날부터 요강에 쑥을 넣어 지혜로운 좌훈 요법으로 건강을 지킬 수 있었던 조상들이 자랑스럽다. 부엌 아궁이에 불을 지피며 온도를 유지하고 몸속의 냉기와 독소를 빼 주었다. 온도가 적당하면 몸속의 장기들 웃는 소리가 들린다. 정상 온도가 면역력을 높이면 모든 삶이 상큼하고 긍정적으로 보인다. 사는 것이 편리해짐과 동시에 항상 좋은 정보에 귀 기울이고 나누는 자세가 무엇보다 중요하지 않을까.

자신의 건강을 지키고 남의 건강도 관리해 줄 수 있는 나를 어떻게 부르면 좋을까. 이런저런 생각 끝에 떠오른 이름, '건강 예술가'란 말이 입속에서 맴돈다.

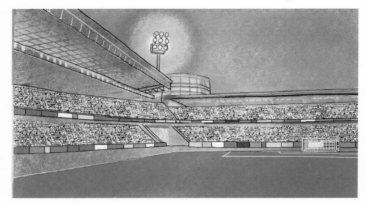

하프타임

골을 넣어 득점을 올리는 후반전. 우리의 인생도
이와 같아야 하리. 초대하지 않아도 인생이란 여행길에 올랐다.
한 줌의 흙이 되어 자연으로 돌아갈 때까지의 삶이
축구 시합처럼 힘들다.

하
프
타
임

　중년은 노년을 준비하는 시기다. 축구 경기에 전반전을 뛰고 쉬
는 시간이 있듯이, 젊음에서 늙음으로 넘어가는 도중을 의미하는
말이다. 그러나 중년이란 말에는 좀 더 깊은 맛이 우러나고 오십여
년 동안 곰삭고 익어 온 달고 쓴 맛이 배어 있어 깊은 맛을 느낄 수
있는 그런 나이다. 누구나 중년이란 다리를 피해 갈 수는 없다. 아
직 젊음을 누리고 있는 사람들에게는 먼 훗날 얘기 같지만 눈 깜짝
할 사이 중년을 걷고 있을 것이다. 축구의 하프타임은 잠시 쉬고 살
아온 날을 되돌아보는 중요한 시기다. 소중하고 아름다운 후반전을
준비하는 시기이기도 하다.
　인생은 축구 경기다. 전반전과 하프타임 후반전 그리고 연장전이
있다. 오십 줄에 들어서면 인생의 연장전을 살고 있다는 생각을 하
기 쉽다. 그러나 인생의 연장전이라고 생각하기에 자연히 소극적인
인생을 살기 십상이다. 연장전이 아니라 하프타임이라 생각한다면

인생은 달라질 것이다. 연장전은 목표 나이를 정해 놓고 카운트다운하며 살아가다 그 나이보다 더 살게 되면 그것이 바로 연장전이다. 하프타임에 후반전과 연장전을 계획하는 시기를 만들어야 한다.

사실 젊었을 때는 자신감으로 직장도 옮겨 보고 겁 없이 도전해 보기도 한다. 그렇지만 나이가 들면 막연한 불안감과 두려움이 앞선다. 축구 경기 전반전은 상대편의 스타일도 알아야 하고 겁 없이 막 뛰어다닌다. 힘이 넘치는 시기다. 전반전에 성과를 올려놓지 않으면 계속 불안한 마음이 들기 때문이다.

인생의 전반전은 누구나 힘과 열정으로 살아가는 시기다. 나 역시 꽃집을 하면서 가정일과 번갈아 가며 지낸 시간이 언제 지나갔는지 모를 정도다. 꽃이 예뻐서 자연이 좋아서 시작한 꽃집은 그리 녹록지 않았다. 남들이 보면 우아해 보이고 부러워하는 직종이다. 그렇지만 여자의 몸으로 직접 운영하기에 힘이 들었다. 보드라운 손은 거칠어 가고 보기보다 중노동이었다. 그렇지만 내가 좋아서 차린 꽃집이니 힘들어도 극복할 수 있었다. 하루에 근조 열 개를 꽂는 날은 내가 꽃인지 꽃이 나인지 모를 정도였다. 피로에 취해서 비틀거리는 몸으로 새벽에 집으로 오기가 다반사였다.

요즘은 용역이 잘되어 있어서 부르기만 하면 바로 달려온다. 옛날에는 하나하나 배달하기에도 무척 힘이 들었다. 내가 하고 싶어서 한 꽃집이라 남편에게 하소연도 하지 못했다. 가정에 조금의 보탬은 되었겠지만, 힘겨운 줄 모르고 열정으로 살아왔다. 축구로 치자면 전반전을 멋모르고 날뛰며 살아왔지 않았나 싶다. 이제 내 나이 오십 줄에 접어들고 나니 살아온 날을 뒤돌아보며 고령화 시대에 발맞추어 또 다른 나의 후반전을 준비해야 할 것 같다.

평균 수명이 팔십으로 늘어난 지금 시대에 정년을 퇴직하고 남은 기간이 너무 길다. 오십이 되면 정년을 준비해야 하고 내리막길에 들어선다. 반면에 오십은 모든 것이 여유로운 나이다. 자식도 어느 정도 키워 놓고 경제적인 여유도 되는 시기다. 하지만 육십에 정년을 한다고 생각하면 그래도 남은 긴 세월이 만만치 않다. 남은 시간을 체계적으로 보내려면 적성에 맞는 일을 찾아 후반전 계획을 세워야 한다. 축구의 승부는 후반전의 결과로 나타나는 것이다. 인생의 성공도 후반부가 아닐까 생각이 든다. 후반부의 계획 여부를 결정하는 중요한 시간이 바로 육십부터다. 바꿔 말하면 인생의 수확기라고 할 수 있다.

전반전의 삶은 순간순간 칼자루를 쥐고 자신 있게 살아왔다. 나이가 든다는 것을 잃어 가는 것이 아니라 쌓아 가는 것이라 생각이 든다. 육십에 씨를 뿌리며 준비하고 있다. 연장전을 살지 않고 후반전을 살아가리라 마음속으로 계획을 세우고 구상을 한다. 살아온 내 삶을 정리하면서 씨를 뿌리는 지금이 더 나은 삶을 쌓아 가기 위함이다. 내면에 잠재되어 있는 것을 계발하고 삶의 가치를 더해 주는 일을 시작하다 보면 저절로 즐거움으로 채워진다. 무슨 일이든지 자기가 하고 싶은 일을 하면 모든 것이 즐겁다.

젊을 때, 이런저런 고생을 마다하지 않았다면 지금의 내가 존재했을까. 수많은 사람에게 치여 본 경험이 메인에 깔려 있기 때문에 중년의 발걸음이 가벼워진다. 어떤 어려움이 다가와도 겁나지 않는다. 무한정 할 일이 생기고 여유로운 후반전을 보내기 위해 스스로 찾아간 곳이 글로써 삶을 정리하며 제2의 인생을 꾸리는 동아리였다.

나는 기록을 남기는 일에는 둔하다. 처음 동아리를 찾았을 때는 아무것도 모르는 초보였다. 이 동아리에서 귀동냥만 하고 한 줄의 글도 써내지 않았다. 같이 배우는 자리에서 시간을 죽이다 보면 머릿속에 뭔가 들어오겠지 싶어 지금까지 머무른 곳이다. 이제는 적응이 되어 안 보면 보고 싶을 정도가 되었다. 수업 시간이 기다려진다. 일상의 일부가 되어 버린 글 쓰는 일은 하늘에서 내려 준 직업인 것 같다. 글쓰기 위해 끊임없이 공부하고 책을 찾아 읽으면서 꿈을 키운다. 글을 쓰다 보니, 여행을 다니며 소재도 찾게 되었다. 밤이 새도록 머리로 구상하는 글 쓰는 일이 매력적이지 않을 수 없다. 누가 시켜서 한다면 잠잘 시간에 잠자지 않고 즐겁게 글을 쓸 수 있을까. 이런 재미난 일은 건강이 허락할 때까지 정년이 없고, 오래도록 할 수 있는 직업이다.

중년이 되면 육체의 건강은 날이 갈수록 약해진다. 그 반면에 정신 건강은 깊어지고 지식과 지혜는 쌓여 간다. 상반되는 조건은 나이가 들어감에 따라 더욱 뚜렷하게 나타난다. 노인 인구가 많아지는 고령화 시대에 후반전은 전반전에 준비만 잘해 둔다면 후반전은 참 매력 있는 게임이다. 농업시대에는 육십이 넘으면 환갑을 했는데, 요즘은 칠십이 지나도 정정하다. 기계도 오래 쓰면 고장이 난다. 사람도 마찬가지다. 나이 오십이 넘으면 여기저기 고장 날 때가 한두 군데가 아니다. 그러나 정신이 건강하다는 것은 곧 육체를 일으킬 수 있다는 힘이 된다. 후반전을 위해 뛰었던 내 전반전을 돌아보니 감사하기 짝이 없다. 이래서 옛 어른들의 '젊어서 고생은 사서도 한다.'는 말이 지금까지 전해 내려오는 모양이다. 글을 쓰고 난 뒤부터 '얼굴에는 생기가 넘친다.'는 말을 자주 들었으니 오히려 건강을 되찾은 셈이다.

골을 넣어 득점을 올리는 후반전, 우리의 인생도 이와 같아야 하리. 초대하지 않아도 인생이란 여행길에 올랐다. 한 줌의 흙이 되어 자연으로 돌아갈 때까지의 삶이 축구 시합처럼 힘들다. 구름이 한잠 자는 사이 인생 갈피에 산등성이 끼워 놓고 휘어지는 중년을 잘 보내면 후반전의 골은 그냥 들어갈 것이다.

자식 봉지

익숙해져 버린 까만 봉지, 그 내용물이 궁금해지는 것만 봐도
내 모습이 이미 어머님을 따라가고 있음을 느낀다.

자
식

봉
지

냉동실은 요술 항아리다. 주먹 크기의 봉지에서부터 머리통만 한 봉지까지 색깔별로 쌓여 있다. 주말마다 냉동실 정리를 하는데도 내주에 가면 또 그대로 채워져 있다. 나는 일주일에 한 번씩 냉동실에서 봉지와 잔소리를 묶어서 꺼내고 어머님은 봉지마다 사연과 변명을 엮어서 도로 주워 담는다.

어머님의 살림살이는 검소하고 억척이시다. 가까이서 보면 똥도 버릴 것이 없는 분이다. 그러나 아버님은 정반대다. 평소 아버님은 낙천적이라 몸과 마음이 즐거운 일만 하셨다. 그래서 몸이 고단하거나 신경 쓸 일은 뒤로 미루어 두는 편이다. '오늘 못하면 내일 하지' 하며 편하게 사셨다. 그래서 어머님은 더 알뜰히 억척으로 사실 수밖에 없었는지 모른다. 그런 아버님의 성격에 길들여진 탓으로 지금은 아버님이 돌아가시고 없지만 어머님은 그 습성을 버리지 못하고 여전히 빈틈이 없다. 어머님의 그 모습은 냉동실의 봉지마다

고스란히 남아 있다.

젊을 때부터 개미처럼 부지런하게 일만 하다 보니 습관이 되어 명절날에도 가만히 앉아 있지 못한다. 지금까지 몸을 챙기지 않고 혹사해서 어디 한 군데 성한 곳이 없다. 골병든 몸은 날마다 병원 도장을 찍고 약을 달고 사시면서 일도 마음도 내려놓지 않는다. 그런 몸으로 지팡이에 의지하며 채전에 감자며 각종 부식거리를 심는다. 자식들에게 줄 봉지마다 어머님의 삶을 개켜 넣듯 콩잎을 한 잎 두 잎 눌러 따 담는다. 밥물에 쪄서 된장을 빡빡하게 끓여 쌈 싸 먹으라는 말을 잊지 않고 자식들마다 봉지 하나씩을 나누어 주는 것이 어머님의 낙인 모양이다.

봉지를 가져간 자식들은 봉지로 되갚는다. 그러다 보니 어머님의 냉동실은 봉지들로 가득한 요술 항아리가 된 것이다. 어머님의 봉지에는 어머님만이 알고 계시는 표시가 있다. 이를테면 까만 봉지는 시누이고 하얀 봉지는 둘째 아들이다. 또 다른 봉지들도 어머님만 아는 이름표가 숨어 있다.

일전에 시누이 아들이 군대에 갔다. 시누이가 아들 면회 간다는 사실을 어머님이 알고 있었던 것이다. 그날 마침 비가 억수같이 내렸다. 차는 뭐 하러 가지고 갔냐며 앉았다 섰다 불안해하시던 어머님은 도저히 안 되겠다 싶었는지 전화를 걸어 빨리 돌아오라고 난리다. 아들을 조금이라도 더 보고 오려는 시누이와 딸 걱정에 안절부절못하는 어머님의 팽팽한 긴장은 시누이가 돌아올 때까지 계속되었다.

시누이는 어머님의 염려하는 마음을 아는지 모르는지 어머님께 또박또박 말대꾸를 하며 알아서 한다고 어머님 건강이나 챙기시라고 말했다. 어머님은 신경을 안 쓰려고 해도 자신도 모르게 자꾸 신경이 쓰인다 하시며 못내 서운한 표정이다. 팔십 먹은 어머님 눈에는 육십을 먹어도 자식으로 보이니 어쩔 수 없다. 어머님은 중년이 넘은 딸을 아직도 봉지에 꼭꼭 담아 두고 풀어 놓지 않으신다. 사랑은 아무래도 내리사랑인 모양이다.

둘째 아들은 별일 없으면 주말마다 어머님을 찾아뵙는다. 현관문을 열고 들어서면서 어머님 냄새가 진동한다며 투정 같기도 하고 야단 같기도 한 말을 인사처럼 건넨다. 그 말에 어머님은 '영감 혼자 살면 홀아비 냄새 난다는 소리는 들어 봐도 할마이 냄새는 들어 본 적이 없다' 한마디 한다. 그러다 이내 어머님은 허허 웃으면서 '정말 냄새가 나냐' 하신다. 아들이 무슨 말을 해도 매주 얼굴을 봐야 안심을 한다. 중년이 넘은 아들이지만 봉지 안에 담아 두듯이 어머님 눈 안에 있어야 편안하다.

어머님의 여생을 지켜보면서 나 자신을 보는 계기가 되었다. 나 또한 어머님의 발자국을 그대로 밟아 가고 있는지 모른다. 그래서 어머님의 봉지들이 싫어서 잔소리하면서도 그 봉지를 외면하지도 못하고 버리지도 못하는 것이 아닌가.

또 새로운 봉지가 생겼다. 제법 큰 까만 봉지는 시누이가 사 온 생선이란다. 시누이가 사 왔다는 까만 봉지들은 입을 꽁꽁 다물고 있다. 그리고 하얀 봉지는 둘째 아들이 사 왔다는데 만져 보니 돌덩이다. 아마도 소고기인 모양이다. 이렇게 봉지로 사람의 색깔을 표시하는 것은 어머님만의 특별한 보관법이지 싶다.

나는 또 잔소리를 하고 말았다. 사 오면 그때그때 싱싱하게 반찬해서 드시지 뭐 하러 쌓아 두시냐고 했더니 아깝다는 말은 못하고 다음에 손님 오면 함께 먹으려고 그랬단다. 외부 손님이 올 일은 거의 없다. 결국은 봉지 주인들이 와서 먹기를 바라는 어머님의 마음인 것이다.

일주일 내내 자식들이 붐볐으면 하는 어머님 마음은 냉동실의 봉지에 쌓여 있는 것이다. 그래서 어머님은 이런저런 채소를 가꾸어 봉지에 담아 자식들을 나누어 주고 다시 봉지로 받는 사랑 법을 채택하신 것이다. 이 방법은 평소 어머님의 알뜰한 살림살이의 한 방법이자 자식 사랑의 방법이기도 한 것이다.

이 시대 모든 어머님들의 자식 사랑하는 마음이 저와 같지 않겠나 싶은 생각이 든다. 나 또한 어머님의 사랑 법을 나무라면서도 그대로 따라 하는 어미가 될지 모르겠다. 잔소리를 하면서도 시댁에 가면 일등으로 열어 보는 것이 냉동실 문인 것만 봐도 그렇고, 내가 사 간 것들이 냉동실의 한자리를 차지하고 있는 것을 보면 가슴이 뿌듯해지는 것만 봐도 그렇지 않은가. 이제는 익숙해져 버린 까만 봉지, 그 내용물이 궁금해지는 것만 봐도 내 모습이 이미 어머님을 따라가고 있음을 느낀다.

우물

기후는 변하더라도 우리의 옛것을 소중하게 관리하고
보존해야 할 것이다. 항상 훗일을 대비하는 조상의 지혜를 다시
한 번 되새겨 보는 계기가 되었다.

우
물

지난여름에는 몇 십 년 만에 가뭄이 들었다. 살인 더위에 비까지 내리지 않아서 진한 여름나기를 겪었다. 가면 갈수록 예측할 수 없는 기후에 사람들은 곤욕을 치른다. 사계절이 뚜렷한 우리나라도 계절을 가로질러 무단횡단을 할 때도 있다. 겨울인지, 봄인지 구별이 되지 않는다. 올 추석도 마찬가지다. 추석이지만 날씨는 여름이다. 짧은 여름옷을 입고도 덥다는 소리가 입에서 저절로 나왔다.

우리는 추석 때 시골 어머님 집에서 조상을 모신다. 추석 전날 형제들이 다 모인다. 여자들은 제사 음식을 하고, 남자들은 어머님 뒤를 따르면서 일손을 돕는다. 여기저기 밭일, 마당의 잔디, 남자들 할 일이 만만치 않다. 어머님은 아들 손자가 오기를 기다린다. 힘든 일은 혼자 할 수 없기 때문이다. 땀을 뻘뻘 흘리며 이거 하라, 저거 하라 시키며 함께 노는 방법을 터득하신다. 조금이라도 같이 있기 위해 더 시킬 거리를 뒤란까지 찾는다.

부엌에는 여자들이 가득하다. 추석에 올려야 할 제사 음식을 정성스럽게 장만한다. 동서는 조카며느리들을 앞세우고 코치를 하고 있다. 아기들은 고만고만해서 이 방에서 응애, 저 방에서 응애 소리가 난다. 나는 이제 아기 보는 처지가 되었다. 다행히도 추석 전날 음식 할 때는 물이 잘 나왔다. 추석 음식은 무사히 다했는데, 추석날 아침이 되니 수돗물이 나오지 않았다.

졸졸 나오는 물로 온 가족들이 고양이 세수를 했다. 제사를 지내야 할 국과 밥을 하고 나니, 이제 전혀 물이 나오지 않았다. 수도를 집에 넣고는 이렇게 물이 안 나오는 일은 처음이었다. 사촌까지 와서 제사를 지내고 아침상을 차려 냈다. 먹기는 먹었는데 설거지가 문제였다. 그 많은 설거짓거리를 큰 대야에 모아 놓았다. 물이 나오지 않으니 설거지를 할 수가 없다.

수도가 들어오기 전에는 우물에서 물을 길어다 사용을 했다. 시집에는 아직도 우물이 있다. 그런데 지금까지 뚜껑을 덮어 보관을 했다. 동물이나 애기들의 장난으로 큰 사고가 날까 봐, 답답한 우물을 만들었다. 우물물을 쓰지 않고 그대로 방치해 두었더니 물이 썩어 버렸다. 이렇게 수돗물이 나오지 않을 줄 아무도 상상을 못했다.

어머님이 시골집을 새로 지을 때 우물을 없애자고 했다. 요즘 상수도가 집집마다 좋다는 이유였다. 자식들은 그대로 두자는 쪽으로 집에 있는 우물을 우겨서 그대로 보존하게 되었다. 운치 있고, 옛날 추억의 향수를 그대로 보여 주는 우물이다. 그런데 관리하지 않고 그대로 보관하지 않아서 무용지물이 되었다. 청소도 해 주고, 풀도 뽑아 주고, 물을 한 번씩 퍼냈었더라면 물이 나오지 않는 이 추석에 요긴하게 사용할 수 있었을 것이다. 어떤 사물이라도 관리하지 않으면 허사다.

수도를 고친다고 형제들이 총동원되었다. 가족들은 씻지도 못하고, 설거지도 못하는 시골에서 더 이상 있을 수가 없었다. 수도가 어디 막혔는지 찾아봐도 이상이 없었다. 나는 자전거를 타고 산 위의 큰 댐에 가 보았다. 가뭄이 보여 주는 댐의 현실은 핍진이다. 동네에 물을 공급하던 마을의 댐이 바닥을 드러내고 있었다. 댐 바닥이 어머님의 발바닥처럼 금이 쩍쩍 가 있었다.

온 가족이 공동 목욕탕을 다녀왔다. 무엇이든 풍족할 때는 아무도 소중함을 생각하지 않는다. 힘들어 보고, 불편함을 경험하고서야 뉘우친다. 그때는 이미 늦은 것 같다. 평소에 물을 아끼고, 물의 소중함을 알아야겠다는 생각이 마음에서 우러나는 추석이다. 물이 없으면 사람이나 집이나 씻고 닦지 못하니 말이 아니다.

집에 와서도 시집이 걱정되어 그냥 있을 수가 없어 다시 시골을 찾았다. 동네 수도는 물이 나오지 않았다. 공동으로 들어오는 상수도와 연결시키고 나니 물이 나왔다. 세상이 다르게 보였다. 물이 나오지 않아 엉망으로 만들어져 있던 설거지와 집안 청소를 말끔히 하고 나니 모두가 훤해져 보였다. 생활에 물이 없으면 사람은 씻지 못하니 말이 아니고, 집안도 엉망이다. 이번 추석은 물의 전쟁이었다.

요즘 상수도는 안심하고 마셔도 된다. 상수도 물을 받아 검사까지 하는 것을 보았다. 상수도에 대한 불신이 말끔히 해소되었다. 이젠 수도가 많이 좋아졌다. 믿고 마실 수 있는 우리 물이 있기에 삶의 활력이 넘친다. 시골 구석구석 상수도가 우리 몸의 혈관처럼 뻗어 있으니 말이다.

수도세가 많이 나온다고 투덜투덜할 일이 아니다. 물이 없으면 당장 먹는 것부터 곤란을 겪는다. 물은 생명이다. 우리는 어머니의 양수에서 태어났고, 바닷물이 소금물로 자기 자신을 보호하듯이. 우리는 물이 없으면 살 수 없다. 물 없이 며칠이나 버텨 낼까. 70%의 수분을 지니고 있는 우리의 몸이 아닌가.

가뭄을 대비하여 형제들이 우물 청소를 했다. 두레박을 사 왔다. 시동생은 우물 안에서 소리친다. 우물 속에 있는 잡초를 두레박에 가득 담았다. 올리면서 떨어지는 소리가 웃음소리에 걸려 밖으로 나온다. 시동생은 우물 안의 모기와 세리머니를 벌이고 나왔다. 맑은 우물물이 시동생의 등에서 흐르는 등물이 되어 옛날과 지금을 이어준다. 기후는 변하더라도 우리의 옛것을 소중하게 관리하고 보존해야 할 것이다. 항상 훗일을 대비하는 조상의 지혜를 다시 한 번 되새겨 보는 계기가 되었다.

우물 대청소에 수박을 담가 먹던 추억이 새록새록하다.

신줏단지

감사한 마음으로 살아갈 수 있을 것이다. 실천은 되지 않더라도
마음속에 간직하고 있어도 도움이 되지 않을까 싶다.

신
줏
단
지

우리네 어머니 이야기다. 한국의 어머니는 전쟁과 속박으로 얼룩
진 삶을 살아왔다. 파란만장한 역사 속에서 모진 현실을 지탱해 온
어머니다. 세기말 이 혼돈의 시대에 우리가 회복해야 할 참된 어머
니의 정신을 만나고 왔다. 배우지 못한 설움, 첫사랑의 그리움, 남
편의 바람기를 신줏단지에 풀어 넣은 연극이다.

저녁 무렵이 되었다. 평소 알고 지내던 지인에게 연락이 왔다.

"죽었나 살았나, 요즘 뭐하노? 얼굴 좀 보자!"

"퍼득 저녁에 나오소!"

나는 요즘 체질 개선을 하느라 아무도 만나지 않고 집에만 있었
다. 하는 수 없이 문화예술회관으로 달려갔다. '손숙 연기 인생 50
주년 기념작 어머니' 연극을 했다. 재미있는 연극인지 사람들이 물
밀듯 밀려오고 있었다. 나도 그 틈새를 비집고 입구로 올라갔다.
반가운 얼굴이 보였다. 나는 지인과 오래간만에 손으로 전해져 오

는 따뜻한 정을 느끼며 연극을 보았다. 차 한 잔 마시지 않아도 무언으로 느낄 수 있는 지인과의 정을 느꼈다. 집으로 돌아오는 내내 머릿속에는 어머님 생각으로 가득 차 있었다.

시집와서 나는 보았다. 어머님은 신줏단지를 정성껏 섬겼다. 오래전부터 하신 것 같다. 조그마한 방 모서리, 천정에 나무 두 개를 걸쳐 신줏단지를 올려 두었다. 나는 궁금해서 남편에게 저것이 무엇이냐며 여쭈어 보았다. 처음 보는 신줏단지가 신기하기도 했다. 방에서 자다가 단지가 떨어지면 어쩌나 걱정도 되었다. 그런데 남편은 대답을 하지 못했다. 어머님 혼자서 하는 의식이고, 자식들 몰래 하는 것 같았다. 그러니 남편은 어렴풋이 보기는 봐도 말로 전달을 할 수가 없었다.

어머님은 해마다 농사를 지어 처음 쌀이 나오면 신줏단지에 쌀을 갈아 넣어 준다. 그 의식도 어머님만의 의식이다. 마당에 소금을 뿌리고, 문에다 물을 뿌리는 어머님만의 부정을 예방하는 법이다. 먼저 목욕을 깨끗이 하고, 상에다 찬물을 떠 놓는다. 상 앞에 초연하게 앉아 두 손을 모아 합장을 한다. 무슨 소린지는 잘 들리지 않았다. 아버님의 바람기를 막아 주고, 아마도 일 년 농사가 잘되게 해달라고, 자식들 아무 탈 없이 자라게 해달라고, 손을 비비면서 어머님만의 방법으로 의식을 신중하게 치렀을 것이다.

아버님은 살아생전에 노는 것을 좋아하셨다. 바쁜 것이 하나 없는 아버지는 얼굴도 미남이셨다. 어머님은 그런 아버님이 늘 걱정이 되었을 것이다. 술을 좋아하시는 아버님은 술만 한 잔 들어가면 흥에 겨워 즐기신다. 아버님이 젊었을 때는 어머님의 속을 많이 태웠던 것 같다. 어머님은 아버님을 포기하고 살림에만 신경을 썼다. 마음의 안정을 가져다주는 것은 오직 신줏단지뿐이었을 것이다. 음주가무를 좋아하시고, 보이지 않는 아버님의 바람기를 신줏단지에 어머님의 마음을 풀어 넣었다.

그것뿐만이 아니다. 집안에 안 좋은 일이 생기면, 항상 신줏단지 쪽으로 손을 비비며 빌곤 했다. 큰아들이 군에 입대할 때, 아버님의 몸이 편찮으실 때, 가정에 큰일만 있으면 어머님의 믿음처는 신줏단지였다. 아버님과 어머님은 가난을 이겨 내기 위해 유난히 싸움을 많이 하셨다고 한다. 성질 급한 아버님을 만나 어머님의 한 많은 고생은 신줏단지가 대신했을 것이다.

어머님은 아직도 글을 모르신다. 그래도 계산하는 방법은 우리 젊은 사람들보다 더 빠르다. 지금까지 어머님 식의 계산법이 있다. 이제 1,2,3,4를 겨우 배워서 자식들에게 전화하는 것이 어머님의 낙이다. 어머님은 휴대폰도 없다. 단축키를 사용하지 않아도 긴 휴대폰 번호를 외워서 전화를 곧잘 하신다. 처음에는 숫자를 너무 늦게 눌러서 통화를 하지 못했다. 얼마간의 기간이 걸리고 나니, 요즘은 눈감고도 할 수 있다고 자랑을 한다. 읽지 못하는 글자들을 보면서 얼마나 답답했을까. 그럴 때마다 신줏단지가 어머님의 마음을 헤아려 주었을 것이다.

그렇게 마음으로 믿고 있던 귀중한 신줏단지를 보내야 할 시기가 왔다. 옛날 촌집의 천장은 쥐들의 운동장이었다. 시골에도 촌집을 다시 바꾸는 붐이 일었다. 시집도 예외는 아니었다. 자식들이 보다 못해 그 집을 뜯어내고 새로운 집을 지어 드렸다. 어머님 살아 계실 때 편안한 집에서 모시고 싶은 마음이다. 그런데 새집에 신줏단지를 모실 수가 없었다. 어머님은 어떻게 처리했는지 신줏단지와 이별을 했다. 신줏단지 의식은 아무도 보이지 않는 장소에서 어머님 혼자 했다.

"야들아, 어디 가가 물어보면 신줏단지가 자꾸 나온다."

어머님은 아직도 신줏단지를 잊지 못하는 모양이다. 못내 아쉬운지 한 번씩 신줏단지를 들먹인다.

요즘은 신줏단지 대신 시집올 때 가져온 문갑을 안고 산다. 큰방 중간에 신줏단지처럼 열쇠를 채워 두고 관리한다. 자개도 아니고 아주 오래된 골동품이다. 밖에는 다 낡아서 보잘것없어 보인다. 그렇지만 문갑이 아니면 어머님의 마음은 풀 곳이 없다. 문갑 안에 어머님만의 신줏단지가 있는 것 같아 보인다. 새집을 짓고부터 문갑 안에 마음을 나누고 있었다. 어머님의 신줏단지가 문갑이라는 것을 느낌으로 알았다. 젊어 보이던 어머님도 이제 세월 앞에는 손을 들었다. 어느새 주름의 골이 깊어 보인다.

손숙 어머니의 연극을 보면서 어머님의 삶이 그려진다. 조상들의 힘겨운 삶이 있었기에 우리는 편안한 삶을 살 수 있다. 어머님의 삶을 들여다봐도 기둥이 되어 와 닿는다. 신줏단지, 문각을 안고 마음을 의지하며 지내온 어머님의 역사를 보더라도 한눈에 선명하게 보인다. 어려운 시대가 있었기에 살기 좋은 지금이 있지 않은가 생각이 든다.

살아가면서 우리 어머니들의 지혜와 정신을 마음속에 새긴다면 어려울 것이 하나도 없다. 극복할 수 있고, 감사한 마음으로 살아갈 수 있을 것이다. 실천은 되지 않더라도 마음속에 간직하고 있어도 도움이 되지 않을까 싶다. 나도 마음속에 신줏단지 하나 만들고 살아가야겠다.

지인의 부름이 마음속에 희망을 안겨 주는 고마운 저녁이다.

慮

려 [생각]

작품명_〈매화나무〉

생/각/

망개떡

망개잎처럼 통통하고 빳빳한 사람이다. 반듯하게 생긴 모습이
말을 하지 않으면 더욱 깐깐해 보이는 첫인상을 가졌다.
누가 봐도 말을 붙이기 힘들 정도로 차가운 초록색을 가진 그였다.

뒷산을 오르며 초록 하트가 내 눈길을 끈다. 둥근 모양이 연한 색에서 진한 색으로 변한다. 하루가 다르게 넝쿨이 되어 뻗어 가는 모습이 신비롭다. 햇살과 바람의 작품인지 자연의 힘은 대단하다. 잎이 난 뒤에는 똑같은 줄기가 두 개 올라온다. 햇살이 나무 위에서 졸고 있는 사이 줄기에서 열매의 형태가 보인다. 나는 날마다 관찰하는 재미도 쏠쏠하다. 빳빳하게 자란 언니 망개잎은 떡집으로 시집을 가게 된다.

먹을 것이 넉넉하지 않던 옛날 밤거리에 '찹쌀떡', '망개떡' 소리가 울려 퍼졌다. 먹고 싶은 마음은 꿀떡 같았지만 어려운 시대라 '떡' 소리만 듣고 자랐다. 조상들의 현명함과 지혜로움에 저절로 고개가 숙여진다. 지천에 늘려 있는 망개잎이 천연 방부제 역할을 하는지, 항암작용에 좋은지, 암에도 효력이 있는 약재인지 어떻게 알았을까. 이것뿐만 아니다. 독을 제거하는 데 큰 효력이 있는 망개잎은 약재로 쓰일 정도다.

일전에 남쪽으로 여행을 하게 되었다. 그 지역의 특산물이 소바와 망개떡이라고 지역의 일행이 앞에 가면서 구구절절 설명을 했다. 우리 일행은 시장 골목으로 한참이나 지나서 원조집이라는 소바 집에서 맛있는 소바 한 그릇을 후딱 해치웠다. 오는 길에 망개떡 집이 보였다. 조그마한 떡집인 줄 알고 안으로 들어갔는데 공장을 이루고 있었다. 작은 망개떡 박스가 차곡차곡 쌓여져 있고 사람들의 떡 만드는 손놀림은 기계와 같았다. 잠시 내 눈도 정신없이 바쁘게 따라다녔다. 옛날의 망개떡을 보지 못해, 지금의 망개떡을 꼭 보고 싶었다.

망개떡은 물에 불린 찹쌀로 가루를 만들어 쪄서 떡을 만든다. 얇게 빼낸 떡 위에 거피팥 속을 넣고 망개잎 두 개로 감싸서 만든 떡이다. 망개잎으로 찰떡을 싸서 채반에 찌면 달라붙지 않는다. 여름철에도 오랫동안 변하지 않으며 향기가 배여 독특한 맛이 난다. 망개잎은 제철에는 말 할 것도 없다. 철이 지나 나중에 쓸 것도 여름에 생잎을 미리 따서 저장해 두었다가 겨울까지 먹기도 한다. 조상들은 망개떡을 오월 단오 때부터 먹기 시작하여 한겨울까지 만들어 먹었다. 자연 한 잎이 소중하게 쓰이는 것을 보니, 갑자기 마음속에 소중한 사람이 와 겹쳐진다.

겉보기에는 망개잎처럼 통통하고 빳빳한 사람이다. 반듯하게 생긴 모습이 말을 하지 않으면 더욱 깐깐해 보이는 첫인상을 가졌다.

누가 봐도 말을 붙이기 힘들 정도로 차가운 초록색을 가진 그였다. 망개 줄기에 가시가 만들어지고, 장미꽃에 가시가 있듯이, 그도 차가운 가시로 아름다움을 지키려는 것일까. 반면에 변하지 않는 방부제 역할과 은은한 향기로 사람을 끄는 묘한 면도 가지고 있다. 초록 옷을 걸친 **빳빳한** 언니 망개잎과 흡사하다.

그는 망개잎에 싸인 찰떡같은 사람이다. 마음 씀씀이가 찰떡같이 쫄깃쫄깃하고 입에 착 달라붙는 맛있는 고유의 떡과 같다. 함께 있으면 몸속의 장기들이 활발하게 춤을 출 정도다. 찰떡에는 거즈의 팥 속이 들어가야 제맛을 낸다. 그 안에 들어가는 속의 색깔은 더 진하고 걸쭉하다. 진한 사랑이 물들어 가는 마음속처럼 걸쭉한 팥의 사랑은 뿌연 쌀뜨물처럼 따뜻하다. 사람의 마음은 몇 겹으로 쌓여져 있는지 알 수 없지만, 찰떡처럼 씹어 보고, 만져 보고, 눈으로 볼 수 있으면 얼마나 좋을까. 찰떡같은 사람을 만나기도 그리 쉽지는 않다. 떡은 맛을 봐야 맛을 알 수 있고, 사람은 겪어 봐야 안다. 겉으로 봐서는 떡이나 사람이나 판단할 수가 없다.

인생을 걸어오다 보면 굽이굽이 스쳐 지나는 인연들이 수도 없이 많다. 그 많은 사람들 중에 유독 망개떡을 닮은 사람이 내게는 소중하게 남아 있다. 예쁜 얼굴을 한 하트 모양의 망개잎을 꼭 닮았다. 마음은 자상하고 따뜻하고, 정이 많은 찰떡이다. 비록 겉모습은 나이든 언니 망개잎처럼 깐깐해 보이지만, 속이 부드러운 팥 같은 그와 인연은 특별한 인연인 것 같다. 무슨 일이든 일처리가 깔끔한 망개떡 하나의 완벽한 스타일이다. 똑똑하고 지적인 자연 잎을 어쩌면 그렇게도 많이 닮았는지. 독특한 향기로 품어 주는 도반이다. 항상 배우며 스승 같은 사람을 옆에 두게 되니 마음의 뜰이 아늑하고 풍성하다.

남쪽 여행의 시장에서 사 온 떡집의 작은 박스가 식탁에서 말을 걸어온다. 변하지 않는 자연 잎 하나가 있는 대로 폼을 잡는다. 며칠이 지나도 굳어지기는 하나 쉰 냄새는 나지 않는다. 완벽한 방부제가 들어 있다. 맛으로도 무엇으로도 상품의 가치에는 손색이 없다. 자연 잎 하나로 보면 보잘것없이 보이지만, 방부제 역할이며 상품으로는 완벽하다. 나는 어릴 때 먹어 보지 못한 망개떡 하나를 먹으면서 혼자 중얼거린다.

통통한 하트가 빗방울 장단에 맞추어 노래를 한다. 바람도 나뭇잎과 일렁이며 합창을 할 기세다. 숲 속에 서려 있는 자욱한 안개가 자연 잎을 덮어 버려도 합창 소리는 여전하다. 빗물이 버거운지 고개 숙인 망개잎 사이로 야무진 열매가 보인다. 그 열매가 망개떡의 결실을 보여 주는 듯하다. 천연 방부제가 되기까지 바람과 햇살, 그리고 안개와 영롱한 아침 이슬, 수많은 자연이 첨가되어 탄생하지 않았나 생각해 본다.

쏜살같이 흐르는 세월 속에 그의 얼굴이 환하게 비친다. 차가워 보이는 얼굴에 햇살 한줌 비추며 서서히 얼굴의 가시를 녹였다. 어느새 맑은 얼굴과 따뜻한 속마음이 연결되었는지 살며시 손을 잡는다. 안과 속이 공존하며 변하지 않는 천연 방부제가 되어 얼굴에 나타나는 모양이다. 망개떡을 닮은 그의 얼굴에 상표가 찍히는 것을 상상하며 미소를 짓는다.

자연 한 잎과의 대화는 어느새 순간의 빛으로 변한다. 끝없이 뻗어 가는 망개 넝쿨을 뒤로한 채 산에서 내려온다.

거울

무사히 거울궁전을 빠져나와 대형 거울 앞에 나를 비추어 본다.
입구에 들어가는 거울, 출구에 빠져나오는 거울, 두 개의 대형 거울이
우리의 삶에 주는 의미가 무엇일까.

거
울

　거울은 세월이다. 지난 내 삶을 고스란히 비춰 주었고, 지금도 비추고 있고, 앞으로도 비출 그런 세월이다. 그런데 비추기만 하던 거울도 보지 않아야 할 때도 있다. 비추지 않고 더듬거리며 갈 수 있는 세월이 좀 더디게 흐를지는 모른다. 미로속의 거울은 비추지 않는 길을 찾아가야 한다. 어렵지만 끝까지 빠져나오다 보면 더 뿌듯하게 느껴질 것이다. 반전의 삶도 이런 맛이 아니겠는가. 큰 거울에 자신을 비춰 본다. 똑같이 생긴 사람이 충고를 한다. 힘들 때는 돌아가라는 말도 있듯이 세월의 여유로움을 경험할 수 있는 좋은 기회라고, 꼭 비추는 세월만이 능사가 아니라고.

　여행길에 거울궁전을 들어가게 되었다. 국내 최초 초정밀 전통 유럽 스타일의 거울 미로 여행이다. 들어가는 입구에 안내하는 사람이 비닐장갑을 주며 끼고 들어가라고 했다. 맞은편에는 대형 거울이 서 있다. 큰 거울을 보면서 안의 거울 풍경이 궁금했다. 이번이 두 번째다. 처음 왔을 때 생각이 어렴풋이 나는데 그때는 특이하다는 생각을 못했다. 입구에서 보기만 하고 그냥 지나쳤다. 거울은 사물을 비춰 주는 물건이다. 그런데 비치지 않는 곳을 더듬어 빠져나오는 곳으로 만들어져 있다.

첫 번째 입구로 들어갔다. 어두운 조명으로 사방은 거울이다. 이리 가도 거울에 부딪치고 저리 가도 부딪혔다. 들어가긴 갔지만 난감했다. 처음에는 정신이 하나도 없고 무서운 느낌만 들었다. 손으로 더듬어 보지만 손이 닿는 곳은 거울뿐이다. 그렇지만 내 모습이 비치지 않고 손이 닿지 않는 부분으로 빠져나가야만 했다. 어려웠지만 첫 코스는 그런대로 더듬어서 빠져나오고 보니 재미가 쏠쏠했다. 비닐장갑을 주는 이유도 알아차렸다. 맨손으로 거울을 더듬으면 많은 사람들의 손 지문에 거울이 제 역할을 할 수 없는 지경에 이르기 때문일 것이다. 처음 비닐장갑을 낄 때 궁금했던 부분이 거울궁전으로 들어서면서 해소되었다.

두 번째 코스는 처음보다 좀 더 복잡했다. 입구에 들어가면서부터 조명이 반짝거리고 눈을 더 혼란스럽게 만들어 놓았다. 온 사방이 거울이다. 숨소리조차 낼 수 없는 답답한 곳에 갇혀 있다는 느낌이었다. 아무리 손을 더듬어 걸어 들어가 보지만 그 자리가 그 자리였다. 나 자신이 비치지 않는 쪽으로 잘 찾아 나와야 하는데 찾을 수가 없었다. 좁은 공간이 거울에 비치는 자신만 보였다. 억지로 빠져나온 곳이 들어간 곳으로 도로 나오게 되었다. 그렇지만 포기

할 수 없었다.

다시 시도해 보았다. 여기까지 왔는데 꼭 출구로 나오리라 마음을 먹고 들어갔다. 첫 코스보다는 훨씬 어렵게 만들어져 있었다. 그래도 마음을 가다듬고 손이 거울에 부딪히지 않는 쪽으로 공략했다. 살금살금 천천히 들어가서 자신이 비치지 않는 곳으로 침착하게 찾아 나오다 보니 입구가 보였다. 해냈다는 기분으로 하늘을 쳐다보는데 문득 생각나는 사람이 뇌리를 스쳤다.

오래전부터 알고 지냈지만 마주치면 반갑게 인사할 정도였다. 그렇게 친하게 지낸 사이는 아니었다. 그런데 그녀가 먼저 전화를 해서 찾아온다고 했다. 범상치 않은 예감이 들었지만 그녀를 기다렸다. 시간이 조금 흐른 뒤에 그녀가 나타났다. 서로 안부 인사를 나누고 커피를 앞에 두고 마주 앉았다. 평소에는 마음을 잘 열지 않고 조용조용한 그녀다. 마주친 그녀의 눈빛에서 그녀의 마음이 거울처럼 보였다. 내 마음이 들킴과 동시에 그녀가 입을 열었다. 시어머님을 모시고 살면서 받은 하소연부터 남편과의 관계를 떡 방앗간에 떡국 나오듯이 줄줄 토해 내었다.

숨소리조차 마음대로 쉴 수 없는 어두움 속에 얽히고설킨 감정을 스스럼없이 퍼부어 댔다. 결혼해서 지금까지 시어머님을 모시고 살면서 그녀의 마음을 힘들게 하는 부분, 직장 다니는 며느리에게 집안일 못한다고 퍼부어대는 시어머님 때문에 하루도 살 수가 없다고 한다. 남편과 사이좋게 지내는 것을 보지 못하는 시어머님, 요즘도 이렇게 사는 사람이 있을까 싶을 정도였다. 그녀는 눈시울을 적시며 열변을 토했다.

"법원에도 몇 번 갔다 왔심더. 이혼하려고요. 우울증이 와서 정신병원까지 갔다 왔심더!"

그녀는 시어머님 궁전에 갇혀 있었다. 시어머님 때문에 남편과도 사이가 벌어졌다는 그녀, 아직도 남편을 사랑하기 때문에 이혼을 할 수가 없다고 하소연을 했다. 한집에 살면서 안 부딪칠 수는 없지만 부딪치면 부딪칠수록 힘이 드는 사람은 그녀였다. 거울궁전 미로에도 자신을 비추거나 부딪치면 그럴수록 빠져나가지 못한다. 그녀도 흡사 미로 속과 닮았다. 비치지 않는 곳을 손으로 더듬어 나오면 편안한 미로 속을 빠져나올 수 있을 텐데, 나는 시어머님 궁전에서 빠져나오는 것이 제일 빠른 길이라고 충고했다. 허공을 향해 두 주먹으로 가슴을 치며 통곡하고 싶은 모양이다. 지금까지 흐트러진 모습 보이지 않으려고 안존한 여자의 품위를 지켜 온 그녀다. 거울을 보며 비 맞은 나뭇잎처럼 힘겹게 일렁이고 있는 모습에 내 마음도 일렁이고 있다.

지금까지는 시어머님 궁전에서 계속 비춰 보며 부딪히고를 반복했다면 이제부터는 되돌아보지 말고 비춰 보지도 말고 더듬거리더라도 그냥 앞으로만 나왔으면 하는 나의 바람이었다. 영양이 빠져나간 마른 풀잎처럼 바스락 그리는 그녀의 얼굴에 삶의 무게가 보인다. 벽에 걸린 거울에 비친 자신의 모습이 영원히 비치지 않기를 바랄지도 모른다. 누구나 불우한 현실에서는 탈출을 꿈꾸는 모양이다. 힘주어 밀지 않아도 그녀에게 아늑한 힘이 되어 주고 싶다. 상대의 마음을 돌리기보다 자신의 마음을 추슬러서 불안과 쓰라림을 오뇌처럼 벗어 던지고 거울에 비치지 않는 것이 현명한 판단이 아닐까 싶다.

시어머님 궁전의 모습이 거울에 비치지 않을 때쯤이면 그녀는 인생의 고뇌를 접고 안도의 한숨을 내쉴 것이다. 지금도 시어머님 궁전에서 빠져나오는 그 미로의 길이 힘들고 험난하겠지만 오히려 거울을 보지 않고 걷는 길의 의미를 안다면 삶은 더 편안해질 것이다. 힘든 과정을 헤치고 나오면 더 좋은 큰 거울이 기다리고 있다. 무슨 일이든 시행착오는 있기 마련이지만.

무사히 거울궁전을 빠져나와 대형 거울 앞에 나를 비추어 본다. 입구에 들어가는 거울, 출구에 빠져나오는 거울, 두 개의 대형 거울이 우리의 삶에 주는 의미가 무엇일까. 큰 것만 보고 단순하게 살아가는 뜻일지도, 끝없는 세월의 방황 속에서 수많은 거울을 모두 보게 되면 빠져나오는 데 많은 시간이 걸릴 것이다. 복잡한 세상 간단하게 사는 방법은 오히려 해야 할 것을 하지 않는 것, 봐야 할 것을 보지 않는 것, 가져야 할 것을 갖지 않는 것일지도 모른다.

바람이 그늘을 돌돌 말아 가듯, 반전하는 삶에 태양이 비친다.

바운더리

"회장님, 경고합니다. '바운더리', '나와바리'가 뭔교?
억수로 기분 나쁩니더!"
따지듯 자기 말만 하고는 자리로 돌아가 버렸다. 옆에서 보는
우리모임 일행들은 할 말이 없었다.

바
운
더
리

　바람이 차다. 바람처럼 차가운 소식이 들려왔다. 어려운 일은 그
냥 넘기지 말자는 좌우명을 가지고 있다. 크게 위로가 되지 않을지
라도 직접 얼굴을 보고 어깨라도 한 번 다독여 주고 싶은 마음이 더
컸다. 그렇게 마음을 먹고 천 리 길을 다녀왔다. 그날 일을 돌이켜
생각해 보니 정작 상을 당한 사람의 일보다 더 큰일이 내 마음을 무
겁게 누른다. 옛날에 어느 성인이 '혀 아래 도끼 있다'는 말을 했다.
나는 그날부터 이 말을 마음에 깊이 새기고 산다.
　모임을 같이하는 회원이 상을 당했다. 장례식장이 아주 멀었다.
모임에서는 길도 멀고 눈이 많이 온 관계로 차편을 의논하고 있었
다. 그런데 상을 당한 회원의 북울산 모임에서 연락이 왔다. 리무
진을 빌렸는데 자기 식구가 얼마 되지 않아 우리보고 같이 가자고
제의가 들어왔다. 우리는 차편 때문에 고민하고 있던 중이라 감사
한 마음으로 함께 타고 가자고 했다. 먼 거리에는 승용차보다 큰 차

가 안전하고 편하다.

차 안에서 먼저 북울산 모임에서 인사를 하고 소개도 했다. 그러고는 우리 모임을 보고 인사와 소개를 해달라고 마이크를 넘겼다. 우리는 하나같이 다 할 필요 없다고 회장만 시켰다. 그때 회장이 인사말을 건네면서 북울산이 자기 '바운더리'라고 자기를 모르느냐며 내 '나와바리'인데 농담을 하면서 부드럽게 새해 인사까지 하면서 마쳤다. 우리가 들어 봤을 때는 아무 문제가 없는 평범한 인사말이었다. 인사가 끝나고 서로 차 안에서 북울산 모임은 북울산 모임끼리, 우리 모임은 우리 모임끼리 자는 사람은 자고, 대화하는 사람은 대화하면서 목적지까지 도착했다.

초상집에 들어가서 상주와 인사 나누고 식사를 했다. 북울산 모임 회장이 우리 상에 먹을 것을 가져오고 호의를 베푸는 줄 알았다. 그런데 우리 모임 회장 앞에 떡하니 앉았다. 앉자마자 큰소리로 말했다.

"회장님, 경고합니다. '바운더리', '나와바리'가 뭔교? 억수로 기분 나쁩니더!"

따지듯 자기 말만 하고는 자리로 돌아가 버렸다. 옆에서 보는 우리모임 일행들은 할 말이 없었다. 나이도 한참 어리고, 회장도 몇 년이나 먼저 한 선배 회장을 보고 가당키나 한 행동인지 어이가 없었다. '바운더리', '나와바리'란 통상적으로 자기 구역이라는 뜻인 걸로 알고 있다.

"뭐 저런 사람이 다 있노, 기가 찬다."

우리 모임 회장은 어쩔 줄 몰라 옆에 있는 사람보고 담배 한 개비 달라고 요청했다. 요즘은 담배를 피우지 않는 사람이 많아서 담배가 없었다. 그때 담배만 있었더라도 그런 행동은 하지 않았을지도 모르겠다.

우리 모임 회장은 벌떡 일어서더니 북울산 모임 장소로 가서 회장보고 팔을 당기며 밖으로 나가자고 했다. 그런데 북울산 회장이 안 나간다고 확 돌리자, 우리 회장은 얼굴이 붉으락푸르락하며 어쩔 줄 몰라 했다. 동공이 커지더니 보이지 않는 연기가 올라오는 것 같았다. 그러는 사이 퍼벅 하는 소리가 여러 번 들렸다. 따귀를 맞는 소리가 어디에서 번개가 치는 소리 같았다. 고함 소리와 뒤엉킨 초상집의 분위기는 말로 표현할 수 없을 만큼 수습되지 않았다.

초상집은 그야말로 아수라장이 되었다. 북울산 모임과 우리모임은 다 밖으로 나와서 패싸움이 되었다. 북울산 모임은 북울산 모임대로 우리 모임은 우리 모임대로 서로 잘했다고 옥신각신했다. 우리 모임은 북울산 모임보고 기분 나쁘다고 경고한다는 말로 먼저 원인 제공을 하지 않았나 했고, 북울산 모임에는 아무리 그렇지만 손찌검을 하면 되겠느냐고 서로 잘했니 못했니 난리였다.

원인 제공은 북울산 모임에서 했지만, 내가 생각하기에는 우리 모임 화장이 손찌검한 행동이 화근이 되었다. 다른 장소도 아니고 초상집에서 난리를 쳤으니 말이다. 아이들도 아닌 어른들이 소란을 피우고 손찌검까지 했다. 상대편에서 가만히 있을 리가 없다. 인사말 하면서 농담 한마디 한 것을 경고한다고 한 것이 우리 회장은 기분이 많이 상했던 모양이다. 또 북울산 모임 회장은 얼굴을 몇 차례나 맞았다. 슬픔을 나누고자 멀리까지 와서 소란만 피우고 가는 격이다.

난동을 피우는 사이에 언제 신고를 했는지 경찰까지 동원이 되었다. 북울산 모임의 맞은 사람이 신고를 한 모양이다.

"초상집이라 출동 안 할라 했는데, 신고하는 분이 하도 사정을 해서 왔습니다."

우리가 마무리 잘할 테니 가시라고 경찰을 돌려보냈다. 사태가 어느 정도 가라앉을 즈음 우리 모임은 회의를 했다. 같이 차를 타고 내려갈 것인지, 다른 차를 빌려서 내려갈 것인지, 그중에 반은 같이 절대 못 간다, 반은 가면서 화해도 하고 같이 타고 가자 했다. 같은 봉사 단체에서 창피스러운 일이다. 결국은 같이 타고 내려오면서 화해하자로 생각을 바꾸었다. 봉사 단체다운 결정이라 생각이 들었다.

내려오면서 조용히 오려 했는데 북울산 맞은 회장이 어찌나 욕을 해대던지 싸움이 또 일어날 뻔했다. 차 안에서 우리 모임 회장이 "미안하다." 사과를 했다. 사과를 해도 북울산 모임은 사과를 받지 않는 태도였다. 조마조마한 마음으로 울산에 도착했다. 우리 모임은 사과한 것으로 끝이 난 줄 알았는데 아니다 다를까 내 마음이 적중했다. 사태가 심각하다. 북울산 회장이 또 신고를 한 모양이다.

울산에 와서 버스를 주차시키는데 버스 앞에 경찰차가 대기해 있었다. 정말 황당한 일이었다. 차에서 내리자마자 두 사람을 태워 파출소로 가 버렸다. 북울산 모임 일행들은 다 집으로 가 버렸다. 우리 모임 일행은 파출소로 달려갔다. 그 추운 새벽에 파출소 안으로 경찰이 들어오지 못하게 했다. 우리를 문 밖에 세워 두고 두 사람만 들어갔다. 조금 있으니 두 사람 합의가 되지 않았는지 남부경찰서로 간다고 나왔다. 일은 점점 커지고 있었다. 우리 일행 중 한 사람만 같이 보내고 우리는 따라가지 않고 씁쓸한 마음으로 집으로 왔다. 상주를 위로하고자 갔던 발걸음이 죄스러움만 남기고 돌아왔다.

말을 잘못 들은 사람과 그리고 손찌검한 사람 둘 다 문제였다. 참지 못하고 바로 행동으로 취한 것이다. 행동을 먼저 하고 생각을 늦게 하니까 이런 일이 생긴 것이 아닐까. 먼저 깊이 생각을 하고 행동 했더라면 이런 큰일이 있었을까 하는 생각이 든다. 남자들의 '욱' 하는 행동은 언제 어디서 큰일이 일어날지 모른다. 숨 한번 크게 내쉬며 말을 내뱉고 행동을 했더라면 불미스러운 일이 일어나지 않았으리라 생각이 든다.

새벽안개 속에서 말의 중요성을 한번 되새겨 보는 계기가 되었다.

봉선화

내 손에서 터지고 있는 봉선화 꼬투리는 하트 모양으로
자신의 마지막 모습을 보여 줬다. 심술을 부리고 있는 나에게
이 무슨 애정 표시란 말인가.

봉선화

시골집 입구에 봉선화가 줄지어 피어 있다. 분홍 꽃잎을 따라 내 눈은 이미 손톱에 물들이던 추억의 여객선을 탔다. 봉선화 꼬투리가 뱃머리에 대롱대롱 달린 호야등 같아 보인다. 유리 꺼펑이를 벗기고 성냥불을 붙이고 싶은 충동이 일어나서 꼬투리를 잡았다.

"톡."

시각으로 터지는 소리는 촉각에서 마감된다. 속에 억눌린 무언가를 터뜨리는 것처럼 기분이 좋았다. 몇 번이고 반복해서 터뜨렸다. 가만 두면 저절로 터질 것인데 나는 그만둘 수 없는 무언가에 이끌렸다. 종족번식을 위해 꼬투리들은 간격 조절과 거리 조절을 하여 씨앗을 튕겨 보낼 것이다. 그런데 나는 그런 봉선화의 깊은 속내는 생각지도 않은 채, 내 재미에 빠져 있다가 깜짝 놀랄 현상을 발견했다.

내 손에서 터지고 있는 봉선화 꼬투리는 하트 모양으로 자신의 마지막 모습을 보여 줬다. 심술을 부리고 있는 나에게 이 무슨 애정 표시란 말인가. 아직 터질 준비도 안 된 꼬투리를 따서 억지로 터뜨리며 속을 풀고 있는 나에게 봉선화가 보낸 사랑은 무엇을 의미하는 것일까. 봉선화 꼬투리가 터지면서 내게 보여 준 사랑 마크는 알 수 없는 일이다. 이 예쁜 모양이 내 눈에 잡힌 것은 일전에 일어난 일을 연상하게 했다.

공교롭게도 봉선화 꼬투리가 터질 때 보여 준 사랑 마크의 모습이 나에게도 있었다. 멀리서 여자 동기가 찾아왔다. 그날이 마침 남편 생일이고 아들과 딸이 다 와 있어서 나갈 형편이 전혀 아니었다. 멀리서 온 친구라 거절하지 못하고 잠깐 나갔다가 큰 봉변을 당하고 말았다.

집 앞에 있는 생맥주 집에 갔을 때, 멀리서 온 여자 동기와 가까이 살고 있는 남자 동기가 같이 와 있었고 둘은 제법 술기운이 있는 상태였다. 내가 자리에 앉자마자 남자 동기는 기다렸다는 듯이 자리에도 없는 또 다른 여자 동기 험담을 늘어놓기 시작했다. 내가 맞장구를 안 쳐 주니까 약이 올랐는지 그녀에게 전화까지 해서 한바탕 난리를 쳤다. 보다보다 도저히 안 되겠다 싶어 나는 그에게 그만하라고 말했다.

전화 끊은 그에게 사람은 누구나 장단점이 있다, 마음에 들지 않더라도 이해하자며 우리 나이에 이해 못할 일이 어디 있느냐고 말했다. 거기에 덧붙여 자기의 단점은 자기가 볼 수 없다며 근래 일어난 그의 행동 하나를 슬며시 말해 주었다.

그 말에 기분이 나빠진 그는 소주잔에 남아 있던 술을 내 얼굴에 확, 뿌렸다. 순식간에 일어난 일이다. 얼굴에 묻은 소주를 채 닦기도 전에 이번에는 소주병이 내 머리 위에서 '퍽' 하는 소리로 무너졌다. 정말 스릴 넘치고도 긴장감이 넘치는 한 컷이 지나갔고 내 머리에서는 끈적끈적한 액체가 줄줄 흘러내렸다.

옆자리에서 웅성웅성하는 소리가 들렸다. 마치 영화의 한 장면이 지나간 듯한 느낌이 들었을 때 '무슨 저런 사람이 있느냐? 인간도 아니다. 여자 친구와 술 먹다가 어떻게 저런 행동을 할 수 있느냐?'는 사람들의 혀 차는 소리가 추임새처럼 들려왔다. 그 사람들은 친절하게도 '다음에 증인이 필요하면 연락하이소.'라는 말까지 했다.

나는 할 말을 잃고 두 손으로 상처 난 머리를 감쌌다. 시간이 그렇게 길게 느껴진 건 태어나서 처음이었다. 구급차가 왔다. 친구들과 함께 구급차를 타고 병원 가는 동안 경찰이 물었다.

"싸웠습니까?"

그 말에 나는 자동으로 아니라는 말이 튀어나왔다. 정말 신기하다. 왜 그 말이 나왔을까. 상황을 돌이켜 보자면 당장 처벌을 해도 시원찮은 판에 남자 동기를 옹호하고 있다. 왜 그랬는지 정확히 모르겠으나 그렇게 대답하고 나니까 마음이 편해졌다. 그러나 가슴 한 구석에는 여전히 나도 나를 알 수 없는 어떤 미묘한 감정이 있었다.

응급실로 들어가는 나를 보며 경찰이 다 알고 있다는 듯이 또 한 번 묻는다. 내가 정말로 싸운 것이 아니라고 하자 경찰은 '일주일 동안 유효하니까 언제든지 고소하이소.' 하며 휭하니 떠난다. 나는 간단한 처치를 받고 집으로 왔다. 집에 와서도 계속 피가 흘렀다. 다시 병원에 가서 붕대를 감고 왔다.

이튿날 봉합 수술을 하려고 입원했다. 저녁이 되자 남자 동기는 초췌한 모습으로 찾아왔다. 계속 미안하다며 용서해 달라는 말만 했다. 스스로 정신이 나간 모양이라며 지금까지 살아오면서 이런 일은 처음이고, 왜 그랬는지도 모르겠고, 지나간 상황이 기억도 잘 안 난다고 한다. 자기 합리화를 시키고 있는 그를 보며 분노가 치밀어 올라야 정상인데 왠지 모르게 안쓰러워 보인다. 그 일은 살인미수로 처벌을 받을 수 있는 엄청난 일이다. 신체만 상처를 낸 것이 아니다. 수십 년 동안 지켜 왔던 우정에도 상처를 냈다. 그런데도 나는 그가 밉지 않았고 오히려 웃어 보였다.

병문안 오는 지인들에게도 머리 위에서 병이 떨어져 다쳤다는 거짓말이 술술 잘도 나왔다. 하도 여러 번 반복하여 말하다 보니 입이 아파 나중에는 녹음이라도 해두고 들려주었으면 좋겠다는 생각을 했다. 내 머리가 터지는 아픔까지 겪었으면서도 왜 그를 보호해 주었을까. 그가 밉지 않은 것은 무슨 조화란 말인가. 어렵지 않게 용서를 하며 오히려 웃어 보일 수 있었던 내 마음을 나 스스로도 알 수가 없다.

나는 이 일로 많은 생각을 하게 되었다. 봉선화가 자신의 꼬투리를 터뜨리며 보여 준 하트 모양과 내가 남자 동기를 웃으며 대할 수 있었던 모습이 번갈아 떠올랐다. 어쩌면 봉선화는 날마다 씨앗을 몸 밖으로 튕겨 보내면서 새로운 몸으로 태어날 것을 수련하고 있었는지 모를 일이다. 그러기에 마지막 모습까지 사랑의 하트 모양으로 보여 줬을지도.

나는 10년 이상의 '명상' 수련을 했다. 그냥 운동 삼아 단련한 것이 한몫을 하게 되었다. 그동안 좋은 기운이 안으로 쌓였던 모양이다. 그런 기운들이 나도 모르게 스르르 나왔지 않나 생각을 해 본다. 그러나 여전히 알 수 없는 내 마음에 나 스스로도 놀랄 뿐이다. 다만 내가 인지하고 있는 것은 이런저런 일들은 모두 부질없는 하나의 뜬구름과 같음을 내 몸의 어떤 기가 스스로 나를 깨닫게 해 주었다는 것이다.

지나고 나니 용서의 미덕을 실감케 한다.

공백

'세월이 약이라는 말처럼' 오래된 일들은 세월과 함께 옅어지기
마련이다. 우리 나이에 이해 못할 일이 어디 있나.
요즘 다시 서로의 정을 확인하듯 사흘이 멀다 하며 만나서
정을 나눈다.

공백

십 년 가까이 소식도 없던 친구를 만났다. 친하게 지내던 사람은 세월이 흘러도 변하지 않는 모양이다. 우연히 결혼식장에서 만난 친구와 손을 잡고 폴짝폴짝 뛰며 반가워 어쩔 줄을 몰랐다. 누가 먼 저랄 것도 없이 서로가 원했다. 친구는 늙지도 않고 그때 모습 그대 로였다. 식장에서 짧은 만남은 십 년의 공백을 채우지 못하고 목마 르게 했다. 대충 간단한 소식과 안부로 다음에 만날 기약을 하고 헤 어졌다.

공백 기간 동안 여러 번 전화도 해 보았지만 연결이 되지 않았다. 친구는 그 사이 이사도 해 버렸고, 폰 번호도 바꾸어 버렸다. 나는 몇 번이나 이메일도 보내 보고, 연락을 해 봤다. 내가 할 수 있는 행동은 다 해 보았지만 연결이 되지 않아서 포기하고 살았다. 서로 의 무심함으로 눈시울을 적시며 우리는 눈으로 말하고 있었다.

"시장 좀 봐 줄래?"

십 년 전쯤의 일이다. 친구와 같이 하는 모임에서 내가 총무를 맡고 있을 때였다. 그때 나는 교통사고로 병원에 입원해 있었다. 그런데 모임에서 야유회를 가게 되었다. 총무인 내가 시장을 봐야 하는데 병원에 있으니 볼 수가 없었다. 다리는 붕대를 감아 통 깁스를 하고 있고, 오른쪽 손에 뼈가 부러져 깁스를 하고 있었다. 그래서 친구보고 시장 좀 봐 달라고 부탁을 했다. 이런 상황의 나를 보고도 친구는 한마디로 거절했다. 바쁘다는 간단한 핑계였다. '왜 그럴까.' 하는 생각은 들었지만 내 몸이 아픈 상태라 깊이 생각할 마음의 여유가 없었다.

그때부터 조금씩 사이가 멀어졌다. 무슨 일이든지 한번 꼬이면, 일마다 계속 꼬이고 부딪침이 일어난다. 마음에서 한번 멀어지면 사이가 잘 회복되지 않았다. 그 뒤에 회원들이 다 있는 자리에서 크게 싸웠다. 욕을 하면서 자존심 상하는 말로 서로를 쿡쿡 찔렀다. 보이지는 않았지만 두 사람의 마음속에는 시커먼 숯덩이 하나씩을 가지고 있었던 모양이다.

그때부터 서로 연락도 하지 않았다. 친구는 모임에서도 빠져 버렸다. 젊었을 때는 왜 그렇게 이해가 되지 않았는지 나이가 들어서 생각해 보니 후회스럽고 부끄러웠다. 두 사람 다 개성이 강해서 양보가 되지 않았다. 대화로 풀었으면 아무 일도 아닌 것을 크게 확대시켜서 서로의 사이가 멀어지게 되었다.

평소에는 모임을 하게 되면 항상 그와 나는 먼저 약속 장소에 나와 있었다. 그것뿐만 아니라 서로 생각하는 점도 같았고 그와는 마음도 잘 맞았다. 어느 누구보다 친하게 지낸 친구였다. 모임 이외에도 드라이버하며 차도 마시고 늘 붙어 다니는 유일한 친구였던 것이다. 우리 둘은 스스럼없이 터놓고 마음을 열 수 있는 사이고, 두 사람은 바다를 무척 좋아했다. 특히 보름달이 비치는 황금바다를 누가 먼저랄 것도 없이 같이 즐겼다. 그런데 젊었을 때는 아무리 친해도 사이가 한번 무너지면 대화할 생각을 하지 않았다.

친하게 지내는 사람과 싸우고 연락 없으면 왠지 모르게 허전하다. 처음에는 숨이 막힐 지경으로 답답했다. 늘 같이 지내던 습관이 몸에 배서 외로움을 많이 느꼈다. 내 옆에 친구가 없다고 생각하니 어떻게 살아갈까 막막하기도 했다. 그런데 세월이 흐르니까 습관도 바뀌고 나름대로 적응이 되어 갔다. 그때의 의미도 약해지고 친구와 친하게 지냈던 일들이 세월 속에 차츰차츰 묻혀 버렸다.

우리는 결혼식장에서 서로 연락처를 주고받고 다음에 만날 것을 약속하며 헤어졌다. 그 후 시간을 오래 두지 못하고 만났다. 옛날을 생각하며 네온사인의 거리를 거닐었다. 그때의 모든 일들은 생각도 나지 않는다며 크게 웃고 떠들며 거리를 다녔다. '세월이 약이라는 말처럼' 오래된 일들은 세월과 함께 옅어지기 마련이다. 우리 나이에 이해 못할 일이 어디 있나. 요즘 다시 서로의 정을 확인하듯 사흘이 멀다 하며 만나서 정을 나눈다.

딱 한 가지 기억난다며 무릎을 치며 친구가 말했다. 친구의 비밀을 친하다고 나에게 속속들이 다 말했다. 그런데 내가 웃으며 폭로하겠다는 말을 했던 모양이다. 그 일로 꽁했다고 말했다. 나는 농담으로 했지만 친구는 속이 많이 상했던 모양이다. 나도 친구의 마음을 상하게 했기 때문에 친구도 시장을 봐 주기 싫었던 것이다. 농담으로 했지만 내가 한 말은 까마득히 잊어버리고 시장 봐 주지 않은 것에 나는 섭섭해 하고 있었던 것이다.

제비가 흙을 한입 한입 가져다 처마 밑에 집을 짓듯이 우리의 가슴에 허물어진 집터를 다시 자그마하게 터로 잡아 가고 있다. 안 보면 보고 싶은 우리의 사이가 되었다. 십 년이란 세월을 어떻게 헤어져 있었던지 의심스러울 정도다. 우리의 우정을 확인하고는 둘의 입은 하트가 되어 귀에 걸린다. 가슴에 참한 집 하나에 따사로운 햇살이 비친다.

서로의 오해로 십 년 동안은 마이너스 인생이었다. 소득 없는 세월을 보냈다. 그렇지만 그 세월 동안 인생 공부는 많이 한 셈이다. 친구의 중요성도 알게 되었다. 비록 십 년이란 공백은 있지만 이미 흘러간 세월이다. 후회의 삶을 더 이상 뒤돌아보지 않을 것이다. 앞으로 친구 사이뿐만 아니라. 인간관계를 넉넉한 마음으로 남은 인생에 보태야겠다. 공백을 채우는 우리의 날들을 위해…….

미래를 살지 말고 현재를 살아가는 것이 현명하다고 입으로는 늘 말한다. 그렇지만 과거가 있기 때문에 아름다운 용서로 친구를 만나게 되었다. 친구와의 돈독한 정이 새록새록한 걸 보니 얼마 되지 않아 가슴속에 초원 같은 아늑한 집이 완성 될 것이다. 가슴속에 예쁜 초원과 집을 짓고 미래를 활짝 열어 사랑으로 채우며 살고 싶다. 나이 들어가면서 친구는 돈으로도 살 수 없다는 말을 자주 듣는다. 새로운 친구를 만날 기회는 더더욱 없다. 친한 친구는 늙으면 늙을수록 큰 재산과 같다.

연말은 새로운 해를 맞이하기 전에 일 년을 돌아보는 전환점이다. 마찬가지로 언젠가 찾아올 인생의 마침표를 찍는 날을 맞이하게 될 '인생의 연말'도 감사하는 기분으로 맞이해야 할 연습인 것 같다. 친구와의 우정을 돈독하게 가꾸어 가며 풍요로운 삶을 만들어 갈 것이다. 올 연말은 여느 해보다 철없던 원망과 후회의 화해를 할 수 있어 마음이 가볍다. 지난날이 디딤돌 되어 친구와 손잡고 죽음이 우리를 갈라놓지 않는 한 지구 끝까지 달려갈 것이다. 다시 돌아올 수 없는 올해의 연말이 인생의 연말에도 멋지게 장식해 주기를 바라 본다.

강남 갔던 제비가 돌아오듯이 올 연말에는 잊고 지내던 친구들이 한 명, 두 명 돌아왔다. 아무 생각 없이 살았지만 때로는 과거를 원망하며 원수로 묻어두기에는 항상 마음에 걸림돌이 되었다. 연말이면 네온사인 반짝거리는 거리가 생각나고, 친구들과 칼바람 사이를 비집고 송년회를 가져야 한 해가 지나가는 줄 알았다. 그때를 익지 않은 과일이라 하면 적합한 단어가 아닐까. 유난히 친하게 지내던 친구들이다.

올해는 친구와 십 년 가까이 소식도 없이 지내다 다시 재회하는 의미 있는 연말이다.

매화나무

뿌려 놓은 아기 매화나무가 부모의 매화나무 둘레에 우두커니
서서 무성함으로 감싼다. 식물이든 사람이든 평생을
같이할 수 없는 인연도 더러 있지만, 노력 여하에 따라 결실을
거둘 수도 있을 것이다.

매화나무

　한 뿌리의 나무라도 살아가는 과정은 다르다. 나이가 지긋한 매화나무가 산들바람에 흔들려 시선을 끌게 만든다. 뿌리와 몸통은 하나로 되어 있지만 뻗어 나가는 가지는 다르다. 두 갈래로 난 매화나무의 가지가 한쪽은 무성하게 자라서 옆으로 뻗고 하늘을 올려다본다. 남은 한쪽은 더 자라지 못하고 굵은 나무가 중간에 잘려 나가 버렸다. 다른 곳을 지나면서도 왠지 모르게 자꾸만 눈길이 균형 맞지 않는 매화나무로 쏠린다.

　주위에는 나이 먹은 매화나무가 뿌려 놓은 듯, 보드라운 잎과 가지로 무리를 이루며 어린 매화나무들이 활개를 펴고 산허리를 살며시 감고 있다. 유유히 흐르는 섬진강의 물줄기가 매화나무 뿌리에 양분이 되었나. 온 산등성이에 흰 눈처럼 피어 있는 아기 매화나무 모습을 상상한다. 연초록 물감으로 몽실몽실 산허리에 뿌려 놓은 듯 정겹다. 그 가운데 우뚝 서 있는 오래된 매화나무가 자꾸만 걸린다. 잘려 나간 부분이 내 가슴 깊은 곳에 박혀 떠나지를 않는다.

이웃에 사는 정순이 모습과 겹쳐진다. 정순이는 몇 번 보지도 않고 성환이와 중매해서 결혼을 했다. 성환이보다 한 살 위인 정순은 신혼 초부터 예사롭지가 않았다. 성환의 반찬 투정과 급한 성격이 맞지 않았다. 그렇지만 정순이는 성환를 한동안 잘 맞추어 가며 살았다. 아들 둘을 낳고 잘 사는 듯 보였다. 정순이는 성환의 번갯불 같은 성격을 두리뭉실 잘 참는다 싶더니 성환의 까다로운 성격을 맞추기에는 버거웠던 모양이었다.

"도저히 못살겠다. 혼자 사는 게 더 편하다."

이웃에 사는 나에게 주문을 외우듯 여러 번 토해 냈다. 그런 정순이 호숫가에 외로이 서 있는 수양버들처럼 둘이지만 늘 외로워 보였다. 나는 정순에게 도움이 되어 주지 못해 늘 미안한 마음이었다. 서로 터놓고 이야기할 때마다 달래 주고 힘이 되어 주면서 이웃 간의 우의를 다졌지만, 정순의 외로움을 달래 주기에는 역부족이었다. 서로 각자의 살림살이에 충실하다 보니 정순의 마음을 헤아리지 못할 즈음이었다.

"성환이가 집 나갔다."

"어디 가서 물어보니 오십 넘으면 집에 들어온다 하더라!"

혼자 사는 게 편하다고 주문처럼 토해 내던 정순의 말대로 성환은 집을 나가 버렸다. 말이 씨가 되는 듯 정순은 혼자 살게 되었다. 밖에서 생활하다 나이가 들어 불편하면 들어오겠지 하는 태평스런 마음으로 남의 집 일처럼 말한다. 그렇지만 마음속은 까만 숯덩이가 되어 있을 것이다.

애들 둘은 한창 학교 다니는 나이다. 책임 없는 성환이가 원망스럽지만 이웃 사람으로서 어쩔 수가 없다. 정순은 어떻게 살아갈 것인가 걱정이었는데 그래도 꿋꿋하게 아이들 학교 보내고 잘 살았다. 속내는 보이지 않았지만 힘든 일이 왜 없을까. 여자 혼자서 살아가는 모습이 대견하게 보였다. 그 후 정순은 중소기업에 취직해서 달마다 수입도 들어오고 혼자 생활은 차츰 정착이 되어 갔다.

집을 나가 버린 성환이는 이런 핑계 저런 핑계로 집에 돌아오지 않았다. 성환이는 맏아들로서도 포기한 상태다. 집안의 대소사에도 아예 참석하지 않았다. 정순도 성환이와 남남처럼 떨어져 살다 보니 시집에 모든 일을 소홀하게 되었다. 맏며느리의 도리도 못하고 늘 마음이 편치 않았다. 미안한 마음에 정순은 자기 동서에게도 할 말이 별로 없다며 투정처럼 말했다. 무언으로 미안하다는 눈빛만 보낼 뿐이라고.

정순은 혼자 사는 것이 편했다. 그렇지만 헤어질 마음은 없는 모양이다. 아들 둘을 잘 키워 결혼까지 시켰다. 결혼식장에서도 나는 계속 눈시울을 적셨다. 수많은 고통을 감내하며 몸 어느 한구석이 성한 데가 없다는 정순을 보면서 같은 여자로서 측은지심이 생겼다. '벼이삭이 꽃보다 아름답다'는 생각이 정순을 보면서 처음으로 느꼈다. 요즘은 혼자 사는 가정이 늘었다. 혼자 살아도 자식을 홀

류하게 키우는 가정이 많다.

"오십 넘으면 들어오겠지!"

둘이의 마음은 아예 돌아서 버린 듯이 보인다. 그래도 정순은 은근히 성환이를 기다리는 눈치다. 정순의 마음은 아직도 유효한 모양이다. 소문으로는 다른 여자와 살림을 차려 같이 산다는 소리도 들렸다. 처자식을 버리고 가정도 책임지지 않고 밖에 나가서 다른 여자와 산다는 것은 도저히 있을 수가 없는 일이다. 기다리는 정순의 마음과 함께 눈가엔 촉촉한 이슬이 눈시울을 적신다.

부부의 인연이 몇 억 겁을 지나서 만난다. 정순은 결혼하고 성환이와 몇 십 년 같이 한 후로는 떨어져 살았다. 법적으로 헤어지지는 않았지만 두 사람의 인연은 그때까지인 것 같다. 두 사람이 알아서 할 일이지만 기구한 인생의 한 자락을 보게 되니 씁쓸한 마음이다. 우연히 길거리에서 성환이의 모습을 보았다. 집을 나가 행복하게 잘 살지도 못하는 것 같았다. 얼굴에는 세월의 두께가 나이보다 더 그려져 있고 피골이 상접한 모습이었다. 왜 그런 인생을 선택했을까. 이제는 집에 들어오려고 해도 들어올 수 없는 성환이의 처지인 모양이다.

육순이 다 된 정순의 인생은 나이든 무성한 매화나무 같아 보인다. 열심히 살아온 결실이다. 아들 둘을 내보내고 요즘은 한결 가벼운 모습이다. 집을 나가 버린 성환에게 집착했더라면 지금의 정순이가 되었을까. 여유로운 초록 그늘에 앉아 꿈같은 현실을 낚고 있다. 세월이 흐르면 모든 것이 약해지고 지워지는 삶으로 나아가는 모습이 보인다. 정순이가 바라보는 삶이 산등성이의 화려한 꽃으로 남는다.

섬진강의 물이 언덕을 바라본다. 무성한 매화나무가 빛을 발하는 순간 분수처럼 솟구치는 물의 쇼는 축복의 의미를 말하는 모양이다. 참고 견디며 좋은 일들이 기다리고 있다는 뜻이다. 산허리 전체가 풍성하게 초록으로 부족한 부분을 감춰 버렸다. 뿌려 놓은 아기 매화나무가 부모의 매화나무 둘레에 우두커니 서서 무성함으로 감싼다.

식물이든 사람이든 평생을 같이할 수 없는 인연도 더러 있지만, 노력 여하에 따라 결실을 거둘 수도 있을 것이다.

곳간

집안에 곳간이든 마음의 곳간이든 가득 채우는 것보다
비워 두는 곳간이 더 아름답게 느껴진다. 빈 공간을 채울 수 있다는
즐거움 때문일까.

곳간

아름드리 느티나무가 보인다. 오백 년이나 마을을 지키고 그늘을 만들어 사람들을 모았다. 마을 문턱에서 모든 재앙을 막아 주고 마을을 지키는 수호천사 역할을 한다. 일행은 느티나무 옆에 살며시 차를 멈추었다. 마을 사람들과 나무그늘 쉼터에서 눈길이 마주쳤다. 마을 사람들은 우리 차를 보고 미리 알아차렸다.

"골목으로 조금만 더 들어가 보이소!"

그늘의 시원한 맛을 채 보기도 전에 우리의 차는 골목으로 미끄러져 들어갔다. 마을골목길이 미로 같았다. 잘못 들어가다 보면 후진하기란 정말 힘이 드는 곳이다. 막다른 골목인가 하면 길이 보였다. 몇 번인가 되풀이를 하면서 꼬불꼬불한 골목을 지나다 보니 장군의 생가 앞에 오래 된 은행나무가 또 보였다. 홍의장군의 마을을 실감케 했다. 아름드리나무가 하나도 없는 마을이 있는가 하면, 여기는 무지무지 큰 마을의 재산이 두 그루나 보였다.

임진왜란 때 나무에 북을 매달아 둥둥 치면서 사람을 불러 모은 그 나무로 추정된다. 큰 은행나무가 꼭 살아 있는 화석처럼 보였다. 신령스런 나무는 두 개의 짧은 가지가 유방같이 생겼다고 해서 젖이 나오지 않는 산모들이 와서 정성들여 빌기도 했다고 전해졌다. 이 신성한 나무 그늘에서 꿈을 키우고, 책을 읽고 거문고를 퉁기면서 세월을 보냈을 장군의 모습이 그려진다.

생가의 대문이 옆으로 되어 있다. 들어가는 순간 깔끔하고 정돈된 사랑채가 앞에 서 있다. 복원된 지가 얼마 되지 않아 보인다. 초록 세상을 이루는 마당의 잔디는 잘 다듬어진 애기 머리처럼 가지런하다. 조금 전에는 조용하던 생가가 일행들의 웃음소리에 생기가 돌았다. 사랑채 마루에 앉아 앞의 풍광을 보았다. 막힘없이 훤히 보이는 먼 산이 안개에 가려 희미하게 보인다. 사랑채 우측에 드나드는 작은 문이 시원한 바람으로 우리를 이끈다.

작은 문으로 들어서니 안채였다. 안사람의 살림을 엿볼 수 있는 장독대, 추억이 있는 우물, 안채 죽담에 올라서자 양가로 곳간이 얌전하게 앉아 있다. 역사 속에 수많은 양식을 보관한 곳이다. 나는 마루에 걸터앉아 오백 년의 시간 속으로 거스르고 있다. 왜적이 쳐들어올 때 곳간을 열어 사람들에게 곡식을 마음대로 가져가게 했던 곳이다. 지금은 역사를 안고 문이 잠겨 있는 채 아무 말 없이 서 있다. 저 곳간은 비어 있을까, 꽉 채워져 있을까 궁금하다. 두 채의 곳간을 열어 곡식을 마음대로 가져가게 했던 장군의 마음을 읽어 본다. 그 마음의 곳간에 이미 양식이 가득 채워져 있었을 것이다.

장군은 벼슬길에 오를 생각도 하지 않았다. 낙동강과 남강이 만나는 기강 옆에 집을 지어 그곳에서 낚시를 하며 시도 낚고, 거문고를 퉁기며 유유자적 마음의 곳간에 양식을 채웠다. 재산을 털어 수천 명의 의병을 모을 수 있었던 열성적인 대부대가의 마음 안에서 나왔던 것이다. 장군은 무모하게 수적으로 우세한 적군과 맞서지 않았다. 여기저기 산골짜기 속에 군사들을 숨긴 뒤 유인작전을 펼친 지혜로운 마음도 풍부한 마음의 양식이 보인다. 벼슬도 마다하고 자식까지 벼슬길을 오르지 못하게 하는 겸손의 마음도 마찬가지다. 솔잎을 주식으로 마음의 곳간을 이룬 모양이다. 장군의 마음곳간을 흉내 낼 수는 없지만, 훌륭한 사람이나 평범한 사람이나 살아가는 모습은 비슷하다.

남편이 네다섯 살 때의 일이다. 곡식을 넣어 둔 곳간에 불을 냈다. 아직도 남편은 모른다고 한다. 아주 어릴 때 일이라서 본인은 기억을 못한다. 자라오면서 아버님이 술만 드시고 오는 날에는 어디든 숨어야 했다. 어린 남편에게는 아버님의 뼈아픈 한마디가 곳간이 되었다.

"너 때문에 이 모양 이 꼴이다."

귀에 못이 박히도록 들어서 불을 내어 곳간을 태운 것을 알게 되었다.

옛날이지만 시집 형편은 곳간에 곡식을 쌓아 두고 있었던 것 같다. 어려운 시절에 곳간이라 해 봐야 가마니를 보관한 창고 정도였을 것이다. 일 년 농사를 남편이 불장난하다 그만 다 태웠으니, 어려울 때 부모님의 마음은 오죽했겠는가. 불태운 해는 동네 사람들에게 구걸하며 살았다고 했다. 그 시절에는 다 어려운 살림살이라 얻어먹기도 어려웠다. 태운 곡식으로 화근 냄새 나는 밥을 지어 먹고, 가까운 사이일수록 교환해 주는 것을 거절했다. 어머님의 힘겨운 시절을 남편이 보탰다.

남편이 학교 들어갈 때도 곳간 태운 일은 늘 따라다녔다. 본인은 아무것도 모르겠는데 돈 쓸 일만 생기면 그때 기억을 되살려 너는 안 된다, 불 태워 집을 망하게 했으니까 농사지으라고 운동화 한 켤레 사 주고 달랬다. 세월이 흘러 결혼할 즈음 또 그 소리, 남편은 곳간 태웠다는 소리를 너무 듣기 싫어한다. 오죽 아까웠으면 그 말을 달고 살았을까. 아버님 어머님은 다시 곳간을 가득 채울 정도로 이를 악물고 알뜰히 살림을 일구었다.

세월이 강물처럼 흐른 지금은 마음의 곳간에 아버지의 교화가 채워졌다. 부모님이 시켜 주지 않았던 학교, 불냈다는 딱지는 살아오면서 계속 따라다녔다. 낮에 일하고 밤에 공부하면서 학교를 해결하고, 남편은 평범하지만 아들딸 낳고 그 소리 덕으로 지금을 이루고 살지 않는가. 요즘은 부모님 병원 뒷바라지를 혼자서 다 한다. 새벽이면 사람들에게 건강을 전달하는 봉사도 하고 있다. 남편의 마음속 곳간에 하얀 양식이 가득하다. 남은 인생, 마음을 비우고 여유로운 삶으로 채우고 싶단다.

아름드리나무가 홍의장군의 마음속에 곳간으로 자리할지 모른다. 남편의 마을 입구에는 수백 년 된 나무는 없지만, 마음속에 높다란 느티나무와 은행나무를 조용히 심어 본다. 마음에 그늘도 만들고, 의자를 여러 개 만들어 지나가는 나그네가 쉬어 갈 수 있는 쉼터를 만들어 보면 어떨까. 집안에 곳간이든 마음의 곳간이든 가득 채우는 것보다 비워 두는 곳간이 더 아름답게 느껴진다. 빈 공간을 채울 수 있다는 즐거움 때문일까.

돌아오면서 마음 한가운데 양식이 될 은행나무 하나 키우고 싶다.

오라버니

세월이 지나면 지날수록 가고 없는 오빠를 안에서 안에서
생각이 뛰어나온다. 늦었지만 그리워하며 후회하는 이유를 알 수가 없다.

오
라
버
니

　기도원에서 연락이 왔다. 같이 가 보자고 셋째 오빠에게서 연락
이 왔다. 어디 묻혀 있는지 무덤이라도 알고 어떤 병으로 떠났는
지 알아야겠다는 것이 형제 된 도리라고 말했다. 나는 멀다는 이유
로 같이 동행하지 못했다. 살아 있을 때도 남처럼 지냈다. 어디에
살고 있는지도 몰랐다. 죽음 앞에서는 모든 것이 용서된다. 아무리
멀어도 같이 가서 어떻게 마지막을 보냈는지 알았더라면 지금처럼
후회되지는 않을 것이다. 나도 자식을 키우고 형제애도 속에 담고
있다. 그리고 부모의 마음도 이해가 된다.

　자식을 낳아 훌륭하게 키우고 싶은 마음은 이 세상 모든 부모의
마음이다. 쉬운 것 같지만 어려운 것이 자식 키우기다. 내 자식은
아니겠지 설마설마 해 보지만 똑같은 일을 반복한다. 그저 평범하
게 아무 일 없이 잘 살아 주기만을 기대해 본다. 경찰서에 들락거리
지 않는 것으로 감사하다는 부모들이 수없이 많다. 누가 자식 일을

밖으로 표현할 수 있을까.

유년 시절에는 둘째 오빠보다 큰오빠가 엄마의 사랑을 많이 받았다. 큰오빠는 성격도 여자 같고 엄마 말도 잘 들었다. 반면에 둘째 오빠는 사고만 치고 정 반대였다. 그런 오빠를 엄마가 좋아할 리가 없었다. 둘째 오빠는 오빠들 속에 끼여 불만을 사고로 엄마에게 표현했던 모양이다. 그런데 엄마는 마음만 좋았지, 오빠의 그 마음을 헤아려 줄 줄 몰랐다.

날이 갈수록 오빠는 무서워졌다. 온 산천이 초록 이불을 덮고 있을 때다. 집 앞 길가에 뱀이 지나가면 그 뱀을 잡아 목에 걸고 다니며 피리를 분다. 지나가는 사람에게 겁을 주고 무서운 것이 없었다. 나는 그때 오빠가 내 곁에 올까 봐 마음을 조이며 숨어 있었다. 기성회비 안 준다고 발로 대문을 차고 고함을 지르던 일도 여러 차례다. 그런 오빠가 한없이 부끄러웠다.

술만 먹으면 온 동네 다니면서 난동을 부렸다. 그때는 부모님도 눈에 들어오지 않는 모양이었다. 집이 너무 가난해서 오빠는 중학교만 졸업하고 바로 서울로 갔다. 한 번씩 집에 오면 술 안 먹었을 때는 순한 양처럼 좋은 사람이다. 그런데 술만 들어가면 눈에 보이는 것이 없었던 오빠가 정말 무서웠고 미웠다. 오빠가 술 먹고 들어오면 구석에 숨어 떨고 있었다. 그때 부모님의 명치에 새까만 물을 고이게 한 오빠가 정말 싫었다.

얼마가 흘러 나는 결혼을 했다. 딸 아들 낳아서 제사 지내러 서울

큰오빠 집에 가서 둘째 오빠를 만났다. 내 아이들에게 맛있는 것도 사 주고, 옷과 장난감도 사 주었다. 우리 애들은 그때를 잊지 않고 둘째 외삼촌이 너무 좋다며 간간히 보고 싶다고 했다. 그렇지만 나에게는 무섭고 미운 오빠였기 때문에 아이들에게 둘째 외삼촌을 보여 줄 수가 없었다.

솔직하게 말하면 오빠의 부재를 알고 싶지도 않았다. 내가 어릴 때 잠재되어 있던 모든 것들이 꽉 채워져 있어 그런 모양이다. 피를 나눈 오빠여도 남보다 못했다. 다른 형제들을 통해서 소식만 듣고 살았다. 가끔은 오빠를 생각하면서 혼자 있을 때 주먹으로 명치를 때리며 통곡을 한 적도 있었다. 그러면서도 오빠를 찾지 않았다. 그때는 왜 그렇게 무심했는지, 지금 와서 후회가 된다.

그렇게 무섭고 싫었던 오빠는 짧은 생을 살고 떠났다. 결혼도 못해 보고 혼자 살면서 제대로 챙겨 먹지 못해 병을 얻었다. 그런 몸으로 혼자 살아왔으니 갈수록 악화되는 몸을 이끌고 여기저기 방랑자가 되어 옮겨 다녔던 모양이다. 형제를 원망하면서 기도원을 전전했던 오빠가 외로웠을 것이다. 그때 오빠를 찾지 않았던 것이 온몸으로 전율을 느끼며 가슴속에서 망치질을 한다.

자고 있는데 부모님이 하신 말씀이 아직도 귀에서 쟁쟁하다. 둘째 오빠의 생일이 정월초하루라서 "크게 안 되면 인생이 엉망이란다." 하시면서 걱정하는 말을 들었다. 오빠의 짧은 인생을 두고 예견하신 모양이다. 부모님의 속을 많이도 태웠다. 새까만 숯덩이 속이었을 것이다. 엄마가 부엌에 불을 지피면서 "왜 저런 자식이 태어났을까?" 하면서 우는 모습을 보고 나도 같이 운 적이 있다.

그래도 자식이니까 하늘나라에서 내려다보니 사는 게 사는 걸로 보이지 않았던 것 같다. 부모님 계신 곳에 데리고 가서 조금이라도 편안하게 같이 지내고 싶었던 것이다. 고달픈 생을 살아가느니 부모님 곁에 가고 싶었던 오빠의 마음과 부모님의 마음이 통했던 모양이다. 이생에서 누리지 못한 행복을 하늘나라에서는 마음껏 누리길 늦게나마 후회하며 빌어 본다. 그때는 내 안에 가두어 두었던 오빠의 생각을 굳이 하고 싶지 않았다.

세월이 지나면 지날수록 가고 없는 오빠를 안에서 안에서 생각이 튀어나온다. 늦었지만 그리워하며 후회하는 이유를 알 수가 없다. 영원히 가둘 수 없는 어리석은 행동에 참회하는 자신이 지금에 와서 한없이 부끄럽다. 현실을 직시하며 깨어 있는 삶을 살았더라면 지금처럼 후회하지는 않았을 것이다. 오빠의 마음을 조금이라도 헤아렸다면 이렇게 빨리 생을 마쳤을까.

가족에게 오빠의 모든 부분을 말하고 싶지도 않았다. 그런데 이제 내 까만 마음까지 다 말하면서 목 놓아 울고 싶다. 비록 오빠는 가고 없지만 내 혈관 속에서 아직도 뜨거운 피가 뛰고 있는 모양이다. 지금 이 순간도 흐르는 눈물이 오빠에게 전달되는지 온몸이 뜨겁게 달아오른다. 가족의 위로가 더욱더 서러워 온다. 세월이 흘러 자식이 부모가 되면 그때는 잘할 수 있을까. 모든 생각이 교차하며 내 마음을 아프게 만든다.

부모의 지나친 욕심으로 자식을 비교하거나, 때론 사랑이 한쪽으로 치우칠 때, 자식들은 그 사랑을 받으려는 목적으로 어긋나기도 한다. 부정적인 부분을 긍정적인 사고로 성장시켰더라면 인생이 바뀌지 않았을까 하는 생각이 든다. 따뜻한 품 안의 정으로 안아 주는 부모님의 사랑이 아쉬웠다. 태어날 때부터 짧은 인생이 정해졌을까. 모든 세상을 불만으로 표현하는 오빠를 그때는 몰랐다. 알고 보면 오빠도 피해자인 셈이다. 정을 나눌 수 있는 부모도 형제도 없었다. 그러다 보니 오빠는 행동으로 불만을 표시했다.

나는 오빠를 남처럼 보내고 말았다. 형제의 정을 나누지 못한 오빠는 스스로 병들어 갔던 모양이다. 이제 다시 오지 않는 오빠를 불러 보고 싶고 정을 나누고 싶다. 왜 지나고 나면 후회가 되는지 아무리 불러 봐도 부질없는 짓이다. 이 세상에서 숨을 같이 쉴 수 없다. 억장이 무너질 정도로 힘들지만, 늦게나마 형제의 소중함을 깨달았다. 부모의 역할이나 자식의 도리가 어렵다는 것이 세월이 지나고 나니 실감이 난다.

부모가 자식에게 무심코 던진 말 한마디가 자식에게 엄청난 상처가 될 수 있다. 따뜻한 사랑과 칭찬의 지우개로 지웠더라면 잘못 던진 말이 씨가 되지 않았을 것이다. 어떤 선입견을 가지고 대하는 것은 더 큰 문제를 유발할 수도 있다. 늦었지만 내 자식들에게도 상처가 되는 말을 하지 않았는지 확인해 보는 계기가 되었다. 자식의 모든 잘못을 포용하고 편안함을 줄 수 있는 자식 교육이 아쉽다.

기도원의 사랑이 부모 형제를 대신하는 여행사다. 오빠의 하늘나라 여행을······.

배산임수

자연을 벗 삼아 누리는 행복이 꿈인가 싶다. 이제 겨울을 보내고
봄을 맞이했다. 아직 여름과 가을이 남았다. 보석 같은 하루하루
가 지나고 나면 아름답게 펼쳐질 계절의 향연이 기대된다.

배산임수

창문 액자에 벚꽃 그림이 환하다. 바람에 일렁이는 모습도 보인다. 나는 창문 액자로 사계절을 뚜렷하게 감상할 수 있는 곳으로 새로운 삶의 터전을 잡았다. 바다가 있고, 산이 있는 곳이다. 자연이 좋아 자연으로 온 셈이다. 겨울에는 앙상한 가지에 눈이 쌓이고, 봄이면 새싹이 돋아나고 봄꽃이 핀다. 여름이면 더워서 옷을 벗게 하고 신록은 우거져 그늘을 만들어 주고, 가을이면 색색으로 물감을 칠한다. 사계절은 지금까지 그대로 변하지 않고 흐르고 있다.

지천명으로 살아오면서 수많은 만남을 스치며 살아왔다. 그중에 자연은 언제나 그 자리에서 자기 몫을 다하고 있다. 배신하지 않는다. 사람을 항상 편안하게 해 주고, 가르쳐 주고, 경음악을 주고, 지혜를 주며 영원히 곁에서 떠나지 않는다. 나는 그런 자연이 좋아서 자연으로 왔다.

첫 번째는 마음껏 사랑할 수 있는 큰 바다가 있어서 내 마음도 언제나 안락하고 넘실대는 바다다. 옛날이나 지금이나 변하지 않고 끝없는 수평선이 내 곁에 있어서 살아갈 희망을 준다. 속 시원한 바다가 좋아서 찾아온 나에게 갈매기는 춤을 추고, 파도는 하얀 꽃을 만들며 맞이한다. 나는 모래사장에 누워 두 팔을 벌리고 바다 냄새를 맡아 본다. 바다 냄새가 마음속으로 들어오는 소리에 벌써부터 가슴이 울렁거리고 세포 하나하나가 마구 뛴다.

두 번째는 잠에서 깨어 눈을 뜨고 제일 먼저 만나는 친구는 소나무사이로 보이는 태양이다. 창문을 열어 놓고 잠옷 바람으로 침대 위에서 만나는 친구다. 부부 외에는 이만큼 친한 친구가 어디 있을까. 아침에 눈을 떠 태양을 볼 수 있어서 감사하고, 건강한 마음으로 하루를 시작할 수 있어서 감사하고, 두 손을 모아 감사 기도를 하는 모습을 실눈을 뜨고 놓치지 않고 보고 있다. 붉게 비치는 태양의 형체는 소나무 사이로 내 마음을 훤히 들여다본다.

세 번째는 아침의 공기다. 아주 맑고 상큼한 공기가 온 천지에 널려 있다. 내가 방안을 좋아하지 않는 이유도 맑은 공기 때문이다. 아주 깨끗하고 투명한 그 느낌, 내 몸속의 구멍에는 공기들이 활기차게 드나든다. 양념하나 첨가하지 않는 맑은 공기가 사람에게 소소한 행복으로 찾아올지 정말 몰랐다. 마음에서 몸 전체에 전율을 느낀다. 감사의 표현에 끄덕끄덕 작은 솔가지가 일렁인다.

네 번째는 집 앞의 호수다. 잔잔한 바람이 밀려오는 물결은 바다보다는 얌전하다. 그래도 갈매기가 이따금 날아온다. 호수의 물은 어떤가. 거북이 가족은 잘 있는지, 하루에 한 번씩 궁금증을 해소하러 날아온다. 호수에 거북이 가족은 날마다 볼거리를 제공한다. 여느 때는 혼자 외로이 지내다가, 부부가 같이 다니며 입을 맞추며 서로 장난을 치며 질주할 때도 있다. 사는 모습이 사람과 흡사하다.

하루는 부부가 싸웠는지 한 마리는 동쪽에서 놀고, 또 한 마리는 서쪽에서 논다. 조금 지나니 사이가 좋아졌는지, 두 마리의 거북이가 어느새 식구가 늘었다. 세 마리가 고개를 들고 유유자적 즐기고 있는 모습이다. 이사 와서 호수와는 가깝게 지내는 친한 친구가 되었다. 날마다 호수 관찰을 하며 거북이와 대화를 한다.

"거북아, 어디 있니?"

거북이는 고개를 번쩍 들어 올린다. 그런데 며칠 전에는 한 마리가 더 늘어 거북이 가족이 네 마리가 호수를 거닐고 있다. 호수가 가득하다. 나는 여기 와서 친구가 많아서 마음은 늘 부자다.

다섯 번째는 새싹이고 봄꽃이다. 봄이 오고부터 나는 바빠졌다. 먹을 것, 볼 수 있는 것, 버려야 하는 것들이 지천에 깔렸다. 제일 먼저 반가운 쑥과 냉이는 향기로 말을 한다. 집 밖에서 얼굴을 살짝 내밀며 매화와 산수유가 속삭인다. 화단에는 영산홍과 모과 꽃이 얼굴을 내밀고 있다. 잔디에는 잡풀들이 누가 먼저랄 것도 없이 마구 올라온다.

쑥과 냉이는 반찬이 되어 입안으로 향기를 가져다주는 보약이다. 봄꽃들이 피어 겨울의 삭막한 분위기를 화사하게 그림 같은 집을 만들어 준다. 화단과 잔디에 나 있는 풀은 뽑고 뽑아도 며칠만 지나면 나를 보고 빙긋이 웃고 있다. 자라기는 왜 그렇게 잘 자라는지, 봄 씨앗은 뿌려 두어도 더디기만 한데, 풀은 식성이 좋은지 하루가 다르게 자란다.

여섯 번째는 참새, 갈매기 등 온갖 이름 모를 새들이 찾아와 하모니를 이룬다. 사람이 가까이 가도 날아가지 않는다. 새소리는 라이브 음악이다. 폴짝폴짝 귀엽게 뛰어다니는 새의 모습을 보면 나도 모르게 얼굴에 미소가 피어난다. 가까이에서 듣는 새소리, 새들에게 먹이를 주면서 몸짓, 눈짓으로 표현하는 새들은 귀여운 우리 집 가족이다.

바다가 앞에 있고 뒤에 산이 있는 곳에도 계절은 바뀐다. 모과나무에 잎이 제법 나와 꽃봉오리 맺었다. 감나무 잎은 중간이고 이팝나무의 잎은 이제 뾰족하게 눈만 틔웠다. 해호지락(海湖之樂), 자연을 벗 삼아 누리는 행복이 꿈인가 싶다. 이제 겨울을 보내고 봄을 맞이했다. 아직 여름과 가을이 남았다. 보석 같은 하루하루가 지나고 나면 아름답게 펼쳐질 계절의 향연이 기대된다. 자연의 만남은 투명하고 여유로움을 가져다준다.

벚꽃이 핀 자리에 어느새 해맑은 초록 얼굴이 햇살과 조잘거린다.

풍혈

에어컨이 없던 시절에 울릉도 풍혈 같은 자연 에어컨이 여기저기
발견되었다면 시원한 여름을 보냈을 것이다.

풍
혈

　자연 바람이 나를 부른다. 가만히 있어도 등줄기에서 물이 주르르 흐른다. 그러니 여름휴가란 제도가 생긴 모양이다. 쉴 휴(休)란, 사람인(人)변에 나무목(木)이 들어간 한문이다. 시원한 나무 그늘을 찾아 쉬면서 충전하고, 새로운 것을 보면서 도약하라는 뜻일 것이다. 계곡으로 바다로 섬으로 쉴 수 있는 공간은 무한정이다. 울릉도는 섬이지만 나무가 더 많은 곳으로 보인다. 독도가 보고 싶어 선택한 곳이기도 하다.

　신기한 곳이다. 울릉도가 처음인 나의 첫 여행 코스가 봉래폭포다. 폭포를 올라가는 중간 지점에는 풍혈이 있다. 땅속에서 차갑거나 따뜻한 바람이 불어 나오는 구멍이다. 풍혈은 크고 작은 바위들이 산비탈이나 계곡에 쌓여서 생긴 애추 지형에서 만들어진다. 여름철 바위 틈새의 공기는 태양빛의 차단과 온도가 낮고 습한 지면의 영향으로 냉각한다. 차갑고 습한 공기는 암적 사이의 틈을 따라 아래쪽으로 이동한다. 이 차가운 공기가 외부로 유출되는 곳에서 따뜻한 공기와 만나면 지니고 있던 수분을 기화시키며 더욱 냉각되어서 풍혈이 만들어진다.

유리문을 밀고 들어선다. 사람들이 가득하다. 사람들 사이로 시원한 바람이 새어 나온다. 조금 기다리다 보니 먼저 들어온 사람들이 물밀듯이 밀려 나간다. 한 평 남짓한 곳이다. 어두컴컴한 바위 사이로 불어 나오는 바람은 살을 냉하게 만드는 차가운 바람이다. 누가 바위 뒤에다 에어컨을 설치해 두었나 생각할 정도였다. 그런데 아무리 살펴봐도 설치한 흔적은 눈에 잡히지 않고 자연적으로 바람이 새어 나온다.

풍혈이 있는 이곳은 봉래폭포를 오가는 사람이면 빠짐없이 들르는 곳이다. 호기심이 발동하는 곳이기에 들르지 않고는 지나칠 수 없었다. 밖은 뜨거운 태양 아래 열기가 이글거리는 더운 날씨다. 땀을 흘리며 걷다가 이름도 특별하고 설명을 읽어 보니 시원하다는 글귀에 발길을 멈추게 만든다. 이곳은 한번 들어가면 나오기가 싫어진다. 나는 얌전한 의자에 몸을 앉히며 추억으로 깊은 명상 속에 빠져들어 간다.

신혼 시절, 선풍기 하나 마련할 수 없었던 어려운 살림이었다. 하필이면 여름에 두 아이를 낳았다. 그러니 푹푹 찌는 여름과 만삭인 배를 움켜잡고 시름을 했다. 날마다 시원한 음료수에 기대어 힘든 여름을 보냈다. 남편은 음료수를 먹으면 배 속의 아기에게 나쁜 영향이 있다고 먹지 못하게 했다. 그렇지만 나는 속이 답답해서 견딜 수가 없었다. 음료수를 마시고 남은 병은 남편 몰래 숨겨 두었다. 콜라를 먹으면 아기가 검어진다기에 주로 환타를 많이 먹었다.

여름이라 아기를 낳고 몸조리도 못했다. 갓난아기의 몸에 땀띠가 송송 돋아도 에어컨은 꿈도 꾸지 못했다. 선풍기만 있어도 감지덕지였다. 감나무 그늘이 자연 에어컨 바람이었다. 아기 몸에도 땀띠, 엄마 등에도 땀띠, 여름에는 땀띠를 달고 살았다.

그때도 살림이 넉넉한 집에는 냉장고도 있고 선풍기도 있었다. 우리는 언제쯤이면 냉장고 음식을 먹어 보려나 부러워하며 살았다. 김치를 담아도 얼마 지나지 않아 다 상해 버린다. 큰 대야 안에 차가운 물을 받아 담가 놓으면 그나마 하루는 먹을 수 있었다. 그런데 물이 뜨거워지면 찬물로 갈아 주는 것을 반복하는 번거로움을 감수해야 한다. 그래도 조금이나마 시원한 김치를 먹을 수 있다면 무엇이든 할 수 있었다. 그 시절의 밑그림이 아직도 몸에 배 지금도 검소한 그림을 그리며 살아간다.

요즘은 집집마다 에어컨, 냉장고가 없는 집이 없다. 몇 십 년이 지난 지금 이렇게 편하게 살아갈 줄 누가 알았겠는가. 우리 집은 바닷가라서 여름이 되어도 견딜 만하다. 부부만 있으면 여름에도 에어컨을 가동하지 않는다. 아들과 딸이 오면 견디지를 못한다. '덥다, 덥다' 소리가 입에서 연달아 나온다. 그 어렵던 시절을 경험하지 못해서 참을성이 길러지지 않은 것일까. 모든 것이 풍족함에 길들여져 있는 것일까. 약함이 눈에 선하다. 에어컨이 없던 시절에 울릉도 풍혈 같은 자연 에어컨이 여기저기 발견되었다면 시원한 여름을 보냈을 것이다.

하루를 머물다 갈 집이지만 전화기 너머로 제일 먼저 문의하는 것이 '에어컨 있습니까?' 하는 소리다. 펜션에 들어오는 사람들은 문을 열자마자 에어컨과 냉장고를 먼저 살핀다. 물질만능 시대에 살아서 풍족한 생활이 몸에 배어 있다. 냉장고가 있어도 작다고 투덜투덜하는 사람, 문을 열어 놓고 에어컨을 사용하는 사람, 천차만별이다. 기름 한 방울 나지 않는 나라에 살면서 흥청망청 에너지 사용이 걱정이다.

더운 여름을 즐기고, 추운 겨울을 즐기는 자연 속의 에어컨과 온풍기를 상상해 본다. 냉방병에 시달리는 사람도 없을 것이고, 여름에도 감기를 달고 사는 사람도 없을 것이다. 자연치유력이 있듯이 자연스럽게 면역력을 키우는 것이 우리 몸에도 이로울 것이다.

풍혈 속의 의자에서 여름휴가의 충전을 맛보고 다시 오른다. 기온이 상승하는 정오 무렵에 가장 높다는 피톤치드를 마신다. 신선하고 상쾌한 숲의 공기가 코와 폐로 들어와 온몸을 초록으로 물들인다. 정신적 · 심리적 건강을 치유하는 삼림욕을 즐기며 시원한 물에 손을 씻는다. 환해진 몸과 밝아진 표정으로 사랑하는 사람과 손을 잡고 테라스 계단을 오른다. 삼층 폭포를 이루는 봉래폭포의 시원함은 잊을 수 없는 울릉도 여행이다.

숲이 많은 울릉도에 뱀이 없다는 것이 마음에 든다. 마음 놓고 나무그늘에서 쉴 수 있는 곳이기 때문이다.

호박

호박은 하나 버릴 것이 없다. 비스듬한 언덕에 자리를
잡고 앉아도 불평 없이 자기 할 일을 스스로 한다. 크면 클수록
자기 영역을 차지하고 여기저기 꽃을 피우고 열매를 맺는다.

호
박

　삶이 모든 것을 바꾼다. 나이가 들어가면서 먹는 음식도 같이 나이를 먹는 모양이다. 전원생활의 환경이 사람을 변하게 만드는지도 모른다. 토속적인 음식이 당기고 많이 찾게 된다. 젊었을 때는 도시의 생활이 좋았고 먹는 것도 마찬가지였다. 지금은 계절의 변화를 가까이서 느끼고 함께 흐르는 자연이 마음을 편하게 만든다.

　이웃 사람에게 얻은 씨앗으로 올 여름 식탁이 풍성하다. 아무것도 바라지 않는 호박의 성장을 보면서 자신이 부끄러워진다. 봉사정신을 자연에게서 배우는 보람찬 한 해다. 호박은 봉사가 이미 몸에 밴 것이다. 아침이면 함박웃음으로 꽃잎을 크게 벌리고 하루만 지나면 앵두만 한 호박을 탄생시킨다. 혼자의 관찰이 신기할 따름이다. 하루하루가 다르게 애기 호박이 되고 늙은 호박이 된다. 무공해 그 자체가 입으로 들어가니 나 자신도 무공해가 되어 살아가는 느낌이다.

풀숲 사이 군데군데 숨어 있는 호박이 숨바꼭질하는 모습으로 보인다. 애기 호박들의 모습이 귀엽다. 넓은 잎이 집으로 보이는지 잎 뒤에 숨어서 방긋이 웃고 있다. 줄무늬 초록 옷만 조금씩 보인다. 조금만 굵어지면 부끄러움도 없이 누런 엉덩이를 하늘로 향하고 있을 것이다.

우리 부부에게는 자식과도 같다. 주렁주렁 열리는 것을 보며 입이 귀에 걸린다. 그것만으로 만족이 넘쳐흐른다. 그런데 맛있는 음식으로 변신하여 끼니때마다 입에서 칭찬을 나오게 하는 효도하는 자식이다. 몸에 좋다는 호박을 마음껏 먹을 수 있다. 호박은 아무리 많이 먹어도 살이 찌지 않는다. 변비가 심한 나에게는 딱 맞는 음식이다. 이 얼마나 행복한 일인가. 보는 즐거움, 먹는 행복이 일년 내내 방 안에서 함께 기거한다. 전원생활의 즐거움은 이런 소소함에서 오는 것이다.

호박 하나만으로도 여러 가지 반찬을 만들어 먹을 수 있다. 호박을 사람에 비유한다면 부드럽고 만능인 사람일 것이다. 호박볶음을 해 먹어 봐도 알 수 있다. 입안에서 사르르 녹는다. 잎은 또 어떤가. 줄기와 뒷면의 까칠한 부분을 대충 벗겨 내고 찜 솥에 쪄서 된장을 빡빡하게 끓여서 먹으면 기가 찬다. 큰 호박잎을 손에 펴서 밥을 넣고 된장을 넣고 쌈으로 먹는 그 맛은 우리시대 사람이라며 그리워하는 음식이다. 까칠한 부분은 호박을 보호하기 위함이라 생각이 든다.

남편은 누런 호박 엉덩이를 만지며 좋아한다. 호박전이 먹고 싶었는지 큰 호박을 들고 집으로 들어온다. 칼로 중간을 잘랐다. 아직 호박이 덜 익었다. 반쪽은 숟가락으로 긁었고, 반쪽은 씨를 빼고 껍질만 벗겼다. 호박 하나를 해부시켜 놓고 남편의 얼굴은 보이지 않는다.

긁었던 호박은 계란과 밀가루를 넣고 반죽을 한다. 반죽한 호박을 프라이팬에 들기름을 넣고 호박전을 부쳤다. 남편은 호박전을 무지 좋아한다. 나는 별로 좋아하지도 않는데 조금 떼어 맛을 보니 올해 처음 먹어 보는 호박전 맛은 어디에도 비할 곳이 없을 정도다. 호박전이 추억의 열차를 타고 신혼 시절로 데려다 놓는다.

시집온 지 얼마 되지 않았을 때의 일이다. 제사가 있어 시집으로 갔다. 어머님은 누런 호박을 가져와서 호박전을 먼저 부쳐 먹고 제사음식을 하자는 것이다. 아무것도 모르는 초년생은 긁은 호박에 물을 붓고 반죽을 했다. 호박에서 물이 나오는지 그때는 몰랐다. 죄 없는 밀가루만 계속 넣어 보았지만 반죽은 되지 않았다. 지금처럼 둥글고 예쁜 호박전을 부칠 수가 없었다. 혼자 진땀을 흘리던 시절이 호박전에 배어 있었다. 음식 하는 기술도 세월이 가르쳐 주었다.

반쪽은 큰 찜통에 물과 함께 끓였다. 푹 끓어서 호박이 흐물흐물해지면 덩어리 없이 으깨고, 강낭콩과 팥을 넣고 찹쌀을 조금 넣고 약한 불에 주걱으로 계속 저으면서 다시 끓인다. 마지막에 소금과 단 것으로 간을 맞추고 찹쌀가루를 조금 뿌려 주면 호박죽이 완성

된다. 나는 호박죽을 잘 먹지 않는다. 그런데 전원생활의 분위기가 입맛을 다르게 변신시키는 모양이다. 호박죽이 맛있어 두 그릇이나 먹었다.

호박죽 끓이는 방법도 아예 몰랐다. 어머님이 끓여 보내 주셨다. 아들이 좋아하니까. 나는 평생 호박죽 끓일 일이 있을까 했는데 세월이 흐르니 호박죽이 먹고 싶었다. 한 번도 끓여 보지 않던 호박죽을 끓여 보았다. 죽을 끓이는 방법은 다 쉬웠다. 태울까 싶어 주걱으로 저어야 하는 것이 힘들다. 팥죽도 호박죽도 조금만 신경을 쓰면 맛있게 끓일 수 있다. 요즘은 동짓날 팥죽과 호박죽은 수시로 끓여 먹는다.

호박은 하나 버릴 것이 없다. 비스듬한 언덕에 자리를 잡고 앉아도 불평 없이 자기 할 일을 스스로 한다. 크면 클수록 자기 영역을 차지하고 여기저기 꽃을 피우고 열매를 맺는다. 초년의 영역 싸움에서 벗어나면 승승장구하며 살아간다. 잎에서부터 애기호박, 늙은 호박, 씨까지 사람 입을 즐겁게 하는 영양가 채소다.

주위에 호박같이 버릴 것이 하나도 없는 동생이 있다. 그 동생은 정말 호박과 닮았다. 잎이면 잎, 호박이면 호박, 씨처럼은 고소한 여자다. 다방면으로 못하는 일이 없고, 남이 못하는 이벤트도 척척 알아서 하는, 어느 곳에 가나 적합한 사람이다. 호박을 보면 항상 그 동생이 생각난다. 자연이나 인간이나 닮은 곳이 있으면 연결이 되는 모양이다.

언덕에 호박잎이 말라 가고 있다. 여름부터 초겨울까지 들기름에 볶아서 애기 호박으로 우리 부부의 정은 더욱 도톰하게 쌓였다. 가계부에도 도움을 주고 시장 가는 시간도 절약할 수 있는 우리 집 훌륭한 선물이다. 방 안에 얌전히 앉아 있는 누런 호박이 자기 홍보하는 줄 알고 곁눈질한다. 호박 형제들은 옹기종기 다정하게 서로 눈웃음치고 있다.

방 안의 호박과 같이 있을 시간이 얼마 남지 않아서 마음이 아프다. 며느리의 산후조리에 호박 즙을 만들어 줄 심사였다. 세 번째 손자라 그런지 붓기가 좀처럼 빠지지 않는다. 해마다 호박은 우리 곁을 찾아오지만 떠나보낼 때는 항상 섭섭하다. 여느 해는 1년을 함께 보내는 해도 있다. 며느리도 호박 즙을 잘 먹지 못했다. 나이가 들어가니 몸에 이롭다면 억지로 먹는다는 며느리 말에 입가에 미소가 배어 뿌듯하다. 자연이 주는 고마움으로 정성을 다해 마시는 며느리가 사랑스러워 보인다.

온 가족이 호박죽 앞에 둘러앉아 그동안의 정감을 나눈다.

삶은 소비하는 것이 아니라 생산하는 것
수필가 주인석

황단아 작가는 평범한 일상을 톡톡 건드리는 선수다. 아무도 눈여겨보지 않을 사소한 순간을 포착하여 자신만의 문체로 풀어 나간다. 평범한 이야기를 보편적인 진실에 이르게 하는 데 괜찮은 기질을 가졌다. 『고무래』의 마흔다섯 가지 이야기는 제목만 읽어도 멀리 있지 않은 우리의 일상이라는 것을 금세 눈치 챌 수 있을 것이다. 그녀는 작품을 징검다리로 삼아 우리에게 한 가지 화두를 던진다.

'소비하는 삶이 아닌 생산하는 삶'

그래서 우리는 그녀의 작품을 읽으면서 쓰레기통이 아니라 공장을 연상하게 된다. 그녀는 매일 글을 쓴다. '작가란 매일 쓰는 사람'이라는 말에 부끄러워지지 않기 위해 쓰고 또 쓴다. 그것도 별것 아닌 일상을 말이다. 평범한 일상은 그녀의 손에서 특별한 이상이 된다. 이 때문에 매일 깨어나는 것이 기쁘다고 말한다.

소소한 일상을 진술하게 표현하지만 읽고 난 뒤에는 커다란 울림을 주는 글이 수필이다. 그녀는 가장 잘 아는 것을 멋 부리지 않고 쓴다. 지나칠 정도로 솔직하고 개인적인 표현의 글들이지만 읽고 난 뒤, 이상하게도 시간이 지날수록 선명하게 남는다. 작가는 자신이 쓴 글로써 평가되어야 한다는 말을 좌우명으로 여기고 사는 그녀의 삶은 수필적이다. 지극히 일상적이다. 진솔하다.

그녀의 수필은 대부분 체험에 기인하기 때문에 속도 빠른 현재를 동반한다. 그래서 그녀의 삶은 젊다. 우리에게서 멀지 않은 주변을 맴도는 이야기다. 사유는 보이지 않은 '듯'하나 드러나 있지 않고 없지도 않다. 그래서 별것 아닌 '듯'한 것을 읽었다 싶어도 우리를 오래 생각에 빠지게 한다. 가장 아무것도 아닌 '듯'한 것, 그것이 우리의 삶이라는 것을 말해 준다.

『고무래』를 읽다 보면 두 사람이 떠오른다. 영화 『웰컴 투 공막골』에 나오는 촌장에게 마을을 잘 다스리는 비결을 묻자 "뭐를 마이 먹이야지."라고 한다. 단순함과 평범함이 비결이다. 또 한 사람, 소설가 레이먼드 카버의 작품 「별것 아닌 것 같지만, 도움이 되는」에서도 이와 같은 것을 발견할 수 있다. 가장 일상적인 것이 가장 인간적이고 가장 감정적이다. 그녀의 작품은 일상의 파편들이 대부분이다. 말도 안 되는 사유랍시고 배배 꼬아놓은 문장도 없고 절정이 드러나는 문장도 없다. 밋밋해서 하품이 날 지경인 작품도 있다. 그렇지만 그녀의 작품을 읽고 나면 문장보다 장면이 머릿속에 남는다. 복잡함보다 단순함, 비범함보다 평범함, 문장보다 상황에 충실하는 작가다.

수필가들의 바람 중에 하나가 '공감'을 통한 '끌어들임의 텍스트'를 만드는 것이다. 공감은 스토리에서 시작된다. 작가는 스토리 밖에서 서성거리는 존재가 아니라 스토리 안에서 버무려지는 존재다. 그다지 궁금하지 않을 것 같은 낯익은 스토리로 출발하지만 끝까지 눈을 떼지 못하도록 만드는 공감의 기술, 그녀의 삶도 그렇다. 그래서 수필은 사람의 거리를 좁혀 주는 문학이고 인간적이고 정이 배어나는 장르이며 공감을 통한 치유와 교시의 문학인 것이다.

황단아 작가는 5년 동안 부지런히 공부하고 습작만 하였다. 수상 경력만 보더라도 그녀가 얼마나 부지런했는지 알 수 있다. '삶의 삶'과 '수필의 수필'을 체득한 작가다. 일상을 고르고 가꾸어, 글의 씨앗을 뿌리고, 의미를 부여하고, 형상화한 수필들을 고무래로 곡식 긁어모으듯 하였다. 그럼에도 그녀는 레이먼드 카버의 「대성당」에 나오는 맹인처럼 자신을 '글쓰기 맹인'이라고 말한다. 대성당을 늘 보아 온 우리가 대성당을 한 번도 본 적 없는 맹인에게 오히려 대성당 그리는 법을 배우게 되는 것처럼, 수필이 무엇인지 너무나 잘 알 것 같은 우리가 수필의 맹인이라 말하는 황단아 작가의 『고무래』를 통해 수필을 다시 배우게 된다. 그녀의 수필 쓰기는 다음과 같다.

하나, 눈을 감는다. 글쓰기에서 그녀가 첫 번째 지점으로 삼는 것은 '사색을 통한 형상화'이다. 체험을 하고 소재를 발견하면 그녀는 곧바로 형상화할 대상을 찾기 위해 눈을 감는다. 「탱자나무 가시」는 상처를 주는 말로, 「부뚜막」은 부모님과 종부의 삶으로, 「천지인의 꽃」은 무궁화로, 「등대」는 등이 굽은 오빠로, 「금샘」은 어머님의 정화수로, 「외길」은 몰입으로, 「빈 둥지에 바람이」는 아버지를 그리워하는 마음으로, 「색동 고무신」은 그리운 엄마로, 「향기 제사」는 고운 마음의 제사로, 「호두」는 지혜 많은 사람으로, 「자식 봉지」는 조목조목 나열한 사랑으로, 「신줏단지」는 어머님의 기도로, 「하프타임」은 인생 후반전을 준비하는 휴식시간이라고 말한다. 이처럼 그녀는 '발견'을 '사색'으로, '의미'를 '형상'으로 새롭게 접속한다. 결국 그녀의 수필은 '발견의 발견'인 셈이다.

> 부뚜막은 힘들 때마다 함께 있어 주는 따뜻한 친구다. 부뚜막에서 보리밥 한 덩이 찬물에 말아 풋고추 따다가 고추장에 찍어 먹는 그 맛.
>
> – 「부뚜막」 중에서

> 쇠죽을 끓이면서 부지깽이로 솥뚜껑을 두드리며 노래하던 마구간.
>
> – 「황소는 어디로 갔나」 중에서

> "괜찮다. 신발은 또 사면 되지만 우리 딸은 절대 살 수 없다." 냇가에 앉아 고무신을 벗어 하얀 물이 날 때가지 돌로 문지르며 엄마를 그리워했다.
>
> – 「색동 고무신」 중에서

둘, 속이지 말고 눈을 감는다. 그녀는 육체적 · 정신적으로 체험

한 것을 꾸밈없이 진술하게 쓴다. 거침없어 보이는 말과 행동 속에는 그녀의 여린 속살과 눈물이 함께 들어 있다. 드러내기 힘든 일상도 자연스럽게 고백하는 것이 그녀의 장점이다. '체험을 통한 진솔한 고백'이 황단아 작가가 건드리고자 하는 두 번째 지점이다. 며느리에게 모진 말을 하고 평생을 미안해하고, 신혼여행지에서 새신부가 길에 앉아 통닭을 뜯어 먹고도 행복에 겹다고 과감하게 말하면서도 중년의 남편에게 러브레터를 받고는 부끄럽다고 고백한다.

"몇 개월이고? 없애라." 아들에게 배신당한 그 마음을 어떻게 해결할 수가 있을까. 어리고 철없는 며느리, 제사 때는 오히려 내가 차로 모시러 간다.

- 「탱자나무 가시」 중에서

"마늘 통닭 시켜 먹자." 씨도둑은 못 속인다. 신혼여행 첫날, 우리는 석굴암 산기슭 아래에서 통닭을 펴 놓고 먹으며 행복에 젖어 눈을 감았다. 낮에 먹은 통닭이 모자랐던지 남편은 그날 밤, 또 한 마리의 통닭을 사 왔다.

- 「신혼여행」 중에서

"운동화 사 줄 테니 학교 가지 말고 농사지을래?"

- 「운동화 한 켤레」 중에서

"맥주나 한잔해요."남편도 숙맥이고 나도 바보다.

- 「연서」 중에서

물건도 아닌 사람을 경매하다니. "새벽부터 목욕도 하고 애교도 많심더." 남자들은 경매를 봐서 여자를 돈으로 사서 일요일 하루를 파트너로 삼았다. 가관이다. 나는 싫다고 끝끝내 참여하지 않았다.

– 「일요일」 중에서

셋, 멈추지 말고 쓴다. 수필의 초고는 일필휘지의 느낌으로 쓴다. 체험의 일상을 쓰는 수필의 한계를 지적하면서 간간히 멋 부리기 수필로 지나친 사유를 나열하는 작가들이 있다. 이로 인해 퀼트(quilt) 같은 수필을 만날 때가 있다. 그러나 황단아 작가의 수필은 깊은 사유는 없을지라도 이야기의 흐름을 끊지 않고 쭉 이어 가는 한 붓의 매력이 있다. '이야기의 맥 끊지 않기'를 그녀의 수필 쓰기 세 번째 지점으로 삼는다. 기차여행에서 일어났던 일, 여행지 사이판에서 있었던 일을 호흡도 고르지 않고 한 붓으로 밀어붙이면서 폭소하게 만든다.

"와? 이 카이 마카 니 카이가?"

– 「기차 한 칸」 중에서

능 위로 올라가서 비료포대를 깔고 주욱 미끄럼을 탄다. 무열왕릉이란 걸 알았더라면 감히 미끄럼을 탈 수 있었을까.

– 「고분」 중에서

사이판의 '나무껍질 브래지어'는 "일 년 내내 빨지 않아도 되요. 찌그러지지도 않아요. 두 봉우리는 항상 뽕긋해요."

- 「옹골찬」 중에서

넷, 글과 하나가 된다. 일심동체의 믿음을 가지고 유체이탈을 하며 쓴다. 생각은 주관적으로, 글은 객관적으로 쓴다. 개인의 일상을 주관적으로 나열만 하면 일기에 머무를 것이고 너무 객관적으로 쓰면 재미가 없을 뿐만 아니라 가르치려 든다 할 것이다. 황단아 작가는 수필 쓰기의 네 번째 지점으로 '객관화와 일반화'를 말한다. 개인적인 이야기를 쓰되 결미에는 일반화시키려는 흔적이 많이 보이고 객관적인 의견을 끊임없이 수렴하여 퇴고한다.

나라 사랑에 대한 날갯짓으로 벅차, 부레가 터질 듯하다. 새들의 고향 독도, 결코 남에게 내어주지 않으리라는 다짐을 하며.

- 「새들의 고향」 중에서

내 인생이 꽃받침, 꽃잎, 암술, 수술을 완전히 갖추기까지 55년이란 세월이 흘렀다. 무궁화가 긴 수난의 세월을 겪고 지금처럼 우리의 편안한 꽃이 된 것처럼.

- 「천지인의 꽃」 중에서

나이가 들었다고, 마음 수련을 했다고 모든 것을 초월할 수 없다는 것을 깨달았다. 아직 한참 수련을 더 해야겠다. 마음의 환승을 수시로 하며 살아가는 것이 현명한 방법일 것이다.

- 「환승」 중에서

다섯, 글을 자신 있게 쓴다. 스스로 믿지 못하면 누구의 지지도 받을 수 없다. 황단아 작가의 수필 쓰기의 다섯 번째 지점은 '자신 감과 자부심'이다. 많은 사람들이 자기 검열에 걸려서 작품을 내보 이지 못하는 경우가 많다. 세상에 완벽한 사람 없듯이 완벽한 작품 은 존재할 수 없다. 한 편의 작품이 한 사람에게라도 영감을 주고 귀감이 되었다면 그 작품은 작품으로서 할 일을 한 것이다. 그녀는 마흔 다섯 편의 작품을 선보이면서 '내 자식', '이제 다 됐다'라고 말 할 정도로 작품에 대한 자부심이 있고 쓰고 싶은 글을 자신 있게 쓴 용기 있는 작가다. 수필가는 쓰고 싶은 것을 술술 쓸 수 있는 배짱 을 가지고 있어야 한다.

생일날, 오층 석탑 옆에 타임캡슐을 묻어 놓고 몇 십 년 뒤 우리는 어 떻게 변해 있을까. 상상의 나래를 펴며 사랑을 싹틔웠다.
– 「문경새재」 중에서

우정은 소비가 아니라 생산이다.
"세상 뭐 별거 있냐? 부조금만 벌면 되지 뭐."
– 「등대」 중에서

여섯, 그녀는 글 안에 있다. 그러나 그녀는 글 안에 있다기보다 일상 속에 있다. 다시 그녀는 세계 속으로 들어간다. 누가 무엇을 요청하든 '예'라고 말하고 싶어서 무엇이든 해 보고 배운다. 수필쓰기 만큼 열정을 쏟지는 않아도 서예, 꽃꽂이, 색소폰, 오카리나, 골프, 테니스, 배드민턴, 수영, 수지침 등 못하는 것이 없다. 이러한 그녀의 삶은 '공감'에 있다. 그래서 그녀는 수필 쓰기의 여섯 번째 지점을 '공감하는 삶'으로 삼는다. 소주병에 맞아 머리가 터지는 부상을 입고도 '정말 스릴 넘치고 긴장감 넘치는 한 컷'이라고 말하는 그녀의 일상은 구석구석이 '수필적'이다. 이 때문에 우리는 그녀의 수필이 지극히 일상적이어도 공감하지 않을 수 없다. 10년간의 명상수련, 그것이 그녀를 공감하는 삶의 자세로 이끌었고 수필의 밑거름이 되게 했던 것이다.

아버님과 어머님이 아들 하나 점지해 달라고 삼신할매께 두 손 모아 우물가에서 빌었던 그때처럼 나도 금샘 앞에서 손자든 손녀든 건강하게 낳도록 해 달라고 두 손을 모은다. 요즘 세상에 아이를 셋씩이나 낳는 사람이 어디 있냐고 주변에서 어이없다 하지만…….

— 「금샘」 중에서

배드민턴을 다시 시작해야겠다. 학교운동장도 다시 걸어야겠다. 현미와 잡곡밥도 먹어야겠다.

— 「봄봄」 중에서

일요일이 되면 나도 품앗이를 나갔다. 모내기는 재미있다. 김치를 손으로 쭈욱 찢어서 김이 나는 밥 위에 척, 걸쳐서 먹는 그 맛.

— 「품앗이」 중에서

내 머리에서 소주병이 '퍽'하는 소리가 났다. 끈적끈적한 액체가 내 얼굴로 흘러내렸다. "언제든지 고소하이소." 영화의 한 장면이 지나갔다.

– 「봉선화」 중에서

그녀의 수필에서 우리는 사색을 통한 형상화를 눈으로 보고, 체험을 통한 진솔한 고백을 들으며, 이야기의 맥을 따라가다 보면 보편적이고 객관적인 생각의 정점에 도달한다. 그녀는 거침없이 쓰는 자신감과 용기 넘치는 작가이기도 하고 티끌만 한 일상의 아픔도 짚어내는 감성적이고 여성스러운 작가이기도 하다.

이제 『고무래』는 그녀의 손을 떠나 우리에게 왔다. 한마디로 압축하면 그녀는 누구도 흉내 낼 수 없을 만큼 '부지런한 작가', '생산적인 작가'다. 그러므로 지금부터 그녀는 또 공부하고, 또 수필을 쓰고, 또 세상을 어루만지는 일에 '3또'의 근면함으로 정진하리라 본다. 『고무래』는 작가 주변의 이야기를 체험 위주로 썼으니 다음 작품집에서는 좀 더 넓은 시야와 사유를 담은 테마가 있는 수필집이 나오리라 기대해 본다.